너라서
기다렸어

너라서 기다렸어

♥ 곰신이 꽃신을 신기까지 ♥

초판인쇄 2020년 7월 17일
초판발행 2020년 7월 17일

글 · 그림 이경민
펴낸이 채종준
기 획 신수빈
편 집 김채은
디자인 김예리
마케팅 문선영 · 전예리

펴낸곳 한국학술정보(주)
주소 경기도 파주시 회동길 230(문발동)
전화 031 908 3181(대표)
팩스 031 908 3189
홈페이지 http://ebook.kstudy.com
E-mail 출판사업부 publish@kstudy.com
등록 제일산-115호(2000. 6. 19)

ISBN 979-11-6603-002-4 13810

너라서 기다렸어

곰신이 꽃신을 신기까지

글·그림 이경민

이담 Books

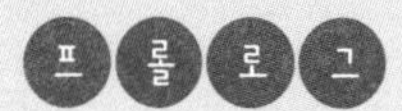

"나 군대 가면 기다려줄 거야?"

군인들의 일상을 보여주는 프로그램 〈진짜 사나이〉 재방송을 보면서 남자친구가 물었다. 먼 훗날 일이라고 생각해 깊게 생각해보지 않았는데 남자친구가 먼저 군대 이야기를 꺼내니 살짝 불안해졌다.

"당연하지! 근데 나중 일이지 않을까?"

남자친구가 군대에 가면 내가 말로만 듣던 '곰신(고무신)'이 되는 거고, 남자친구는 '꾸나(군화)'가 되는 거다. 또 나는 약 2년 동안 어떻게 널 기다리지? 매일 봐도 보고 싶은 게 넌데. 혼자 일어나지도 않은 일에 상상의 나래를 펼치며 걱정했다. 그래 내 남자친구는 아직 군대에 가지 않았는걸?

"자기야 나 할 말이 있어…."

"응 말해봐, 뭔데?"

"자기 놀라면 안 돼. 나 사실… 어제… 입영통지서가 나왔어…."

[일러두기] 만화 특성상 맞춤법에 어긋나는 표현을 일부 사용했습니다.

목차

2장 이등병

3장 일병

4장 상병

5장 병장

6장 민간인

1장

훈련병

1화 입영통지서

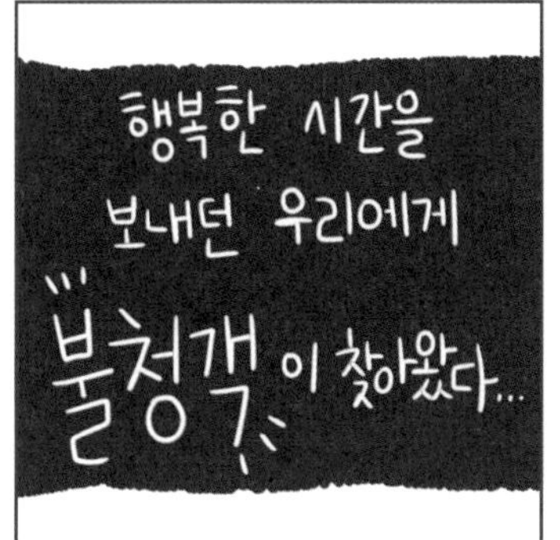
행복한 시간을
보내던 우리에게
"불청객"이 찾아왔다...

여...보...

서,,설마..!
히익-

끄덕
ㅠㅠ

입영 통지서

2화 예비 곰신

추위가 가고 벚꽃이 여기저기 흩날리는 따스한 봄 4월, 우리에게 '입영통지서'라는 불청객이 나타났다.

"자기야 입영날짜는 이번 달 말이래…."

남자친구와 활짝 핀 벚꽃을 보러 가기 위해 계획을 모두 세웠는데…. 이렇게 갑작스럽게 군대에 간다고? 주변에 곰신인 친구도, 군대에 간 친구도 없어서 어디서부터 무엇을 어떻게 준비해야 할지 막막해졌다. 남자친구도 나도 군대는 처음이라 머릿속이 하얘져만 간다.

'나처럼 이렇게 촉박하게 남자친구를 군대에 보내는 경우가 많을 거야.'라고 혼자 위안 삼으며 마음이 착잡하다가도, 군대에 남자친구를 보낼 생각을 하니 갑자기 화가 나기도 하고, 그러다가 남자친구의 울상인 얼굴을 보니 또 남자친구의 잘못은 아니니까 화는 내지 말아야겠다고 생각한다. 마음이 정말 복잡하다.

그렇게 난 예비 곰신이 되었다.

3화 군대, 같이 준비해 ① 머리 밀기

4화 군대, 같이 준비해 ② 준비물 챙기기

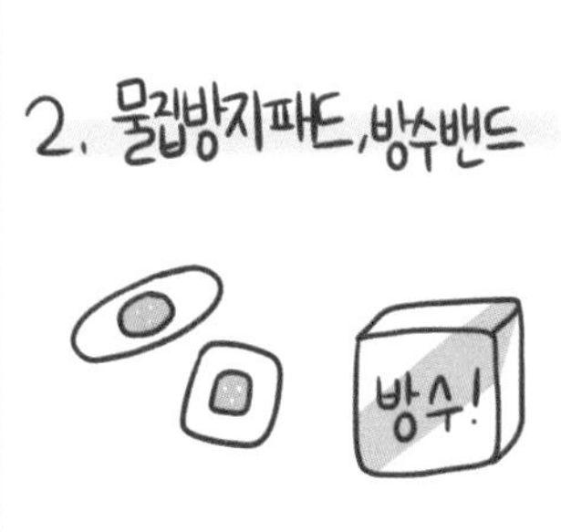

남자친구를 위해 포털사이트에 검색해보고, 군대에 다녀온 지인들에게도 물어본 덕에 정보를 많이 수집했다.

"아니, 은근히 챙길 게 많잖아?"

올인원 스킨로션부터 선크림, 위장크림까지…. 남자친구는 평소 스킨과 로션을 나눠서 바르지 않고, 군대에선 개인 시간이 없을 것 같아 간편하게 바를 수 있는 올인원 스킨로션으로 준비했다. 선크림은 외부 훈련이 많은 남자친구를 위해 무조건 자외선 차단지수가 높고 용량이 많은 것으로 구매했다. 위장크림은 유명한 브랜드가 있어서 고민 없이 바로 그것으로 샀다. (*초록창에 검색하면 바로 나와요!)

그다음으로 준비한 야심작은 물집방지패드와 방수밴드! 많이 걷고 뛰는 꾸나의 발은 소중하니까. 무엇보다 중요한 필수 아이템은 바로 시계다. 전자시계에 방수도 되고, 알람, 라이트 기능이 있는 것으로 준비하면 된다.

마지막으로 가장 중요한 준비물은 나와 소통할 편지봉투와 우표, 그리고 내 사진이다. 편지봉투와 우표는 부대에서 지급되지만, 이왕 많이 챙겨주면 좋을 것 같아 듬뿍 넣었다. 생각날 때마다 보라고 준비한 내 사진은 널 위한 보너스.

마음 같아선 이것저것 모두 챙겨주고 싶지만, 입대 시 허용되지 않는 물건들이 많아 포기했다. 더 챙겨주고 싶은 마음은 굴뚝 같은데….

이왕 들고 가는 거 나도 들고 가줬으면 좋겠다.

5화 군대, 같이 준비해 ③ 앱 설치

'전역일 계산기 앱'은 많은 곰신들이 이용하고 있는 만큼 유명하다. 전역일뿐만 아니라 기념일도 계산해주고, 언제 진급을 하는지, 서로의 생일이 얼마나 남았는지까지 알려주는 아주 똑똑한 앱이다.

또 '그린○'이라는 전화 앱이 있는데, 이 앱을 이용하면 영상통화가 가능하다. 그리고 '곰신 카페'에 가입하면 각 지역의 많은 곰신들과 유용한 꿀팁을 공유할 수 있다. (*1장 9화에서 계속)

'인편(인터넷 편지) 앱'을 이용하는 것도 현명한 선택이다. 인편 앱이란 인터넷 홈페이지에 들어가지 않아도 핸드폰을 사용해 편하게 편지를 보낼 수 있는 앱이다.

"우와 이런 것도 있었구나! 진짜 나한테 꼭 필요한 앱이네?!"라고 감탄하다 보니 어느 순간 내 핸드폰엔 10개가 넘는 앱이 깔려있었다.

6화 군대, 같이 준비해 ④ 휴대폰 정지

요즘은 군대 시스템이 바뀌어 부대에 휴대폰을 가지고 들어갈 수 있지만, 불과 몇 년 전만 해도 절대 상상할 수 없는 일이었다.

"휴대폰 정지 신청은 어디서 하지?", "휴가, 외박을 나올 때 친구, 지인들과 연락을 해야 하는데 이럴 땐 어떻게 해야 해?"

이것저것 궁금한 게 많은 꾸나를 위해 폭풍 검색을 해보니 '군대 휴대폰 정지'라는 게 있었다. 통신사마다 준비해야 할 서류와 신청 방법은 조금씩 다르지만, 공통적인 준비물은 신분증과 입영통지서이다. 입영통지서는 메일로 받을 수 있고, 병무청 홈페이지에서도 출력할 수 있다. 준비물을 다 챙겼다면, 가까운 대리점 혹은 고객센터에 방문해 신청하면 된다.

7화 입대식 D-1

입대식D-1
헤헤
오늘을더알차게 보내겠어!!

가자!!!! 폭풍식사!!!!!

!!!!!폭풍영화!!!!!
슬퍼..
힝..

아무리 폭풍데이트를 하면뭐해..
히잉ㅠ
내일이면 없는걸ㅠㅠㅠ

자기야 괜찮아.. 오늘 덕분에누구보다 행복하고 즐겁게 보냈어흫♡ 나 빨리 다녀올게♡
토닥
토닥
힝

한달 금방 갈거야♡

8화 입대식

대망의
입대식
..힝

나 요기!
저기 있당!

꾸나 부모님과
친구들, 그리고 나와
작별인사를 하고,
우리아들
힝!
잘다녀와라~
ㅋㅋㅋㅋ
머리봐

들어가는 네 뒷모습에
한달 금방이라 생각하며
꾹 참았는데...

는 무슨ㅠㅠㅠ 참을 수 없어ㅠㅠ
ㅠㅠㅠㅠ 엉엉ㅠㅠT
언제와
ㅠㅠ

오지 않을 것만 같았던 입대 날. 오후 2시까지 논산훈련소에 가야 해서 아침 일찍 꾸나의 부모님과 함께 차를 타고 출발했다. 꾸나 부모님과 함께 가는 길은 조금 어색했지만, 꾸나에 대해 몰랐던 습관이나 어린 시절 이야기를 들을 수 있어서 좋았다.

도착해보니 운동장에 사람이 가득했다. 시간은 야속하게 금방 2시가 되었고, 운동장에 모이라는 방송 소리에 꾸나와 같은 머리를 한 이들이 속속 몰려들었다. 멀리서도 잘 보이는 우리 꾸나. 잠깐의 안내를 받고 마지막으로 부모님께 경례한 뒤 다 같이 훈련소 안으로 들어갔다. 눈물이 날 것 같았지만, 꾸나가 더 슬퍼할까 봐 힘들게 참았다.

'이제 우린 언제 볼 수 있을까?'

9화 곰신톡 활용법

이 우울한 하루를 어떻게
보내야 한단 말이오..

곰신톡
활용법

편지보낼때, 택배보낼때,
어떻게 해야하는지,
전화는 언제쯤 오는지, 등!
곰신끼리 꿀팁공유!!

같은 자대나
지역의 곰신끼리
친해질수도 있고,
서로 소통하기 아주 좋은 방법이야~

어플을 이용해도 좋고!
포털사이트 카페에가입하면
약 55만명의 곰신과꽃신들이
있다구요~!!

각 지역에 있는 곰신들과 다양한 정보를 공유하고 싶다면 크게 3가지 방법이 있다. 첫 번째, SNS를 이용하는 방법이다. '얼굴책' 앱 검색창에 '곰신 그룹'을 검색하면 많은 그룹이 나오는데, 이곳에서 서로 교류하며 친해질 수 있고 곰신 친구 이상으로 더 친해질 수도 있다.

두 번째는 포털사이트 카페를 이용하는 방법이다. 초록창에 '곰신 카페'를 검색하고 카페에 가입하면 약 55만 명의 곰신, 꽃신들에게 꿀팁을 얻을 수 있다.

세 번째는 '디데이' 앱에 있는 곰신톡을 이용하는 것이다. 앱을 통해 곰신들이 커뮤니티를 형성하고 있어 다양한 정보들을 공유할 수 있다. 편지나 택배를 보낼 때, 전화는 어떻게, 언제 오는지 등에 대한 궁금증도 해결할 수 있다. 특히 앱을 통해 친해진 곰신들은 면회도 같이 가기도 하고, 개인적으로 연락하기도 한다. (*꼭 쓰는 걸 추천해요!)

10화 떨리는 첫 전화

"올 때가 됐는데…."

꾸나를 보내고 약 일주일이 지났다. 앱을 통해 만난 곰신 친구가 알려주기를 바로 오늘 꾸나에게서 연락이 온다고 했다. 아침에 일어나자마자 전화를 기다렸다. 혹시라도 벨소리를 듣지 못할까 봐 휴대폰만 붙잡고 있었다. 오전 10시, 낮 12시가 지나 오후 3시! 드디어 전화가 왔다.

"여보세요!"

"주어진 시간이 5분밖에 없어서 부모님께 전화를 드리고 바로 연락했어. 나는 건강하고, 동기들이랑도 잘 지내고 있어. 걱정 많이 안 해도 돼. 학교도 잘 다니고 있지? 아프면 안 돼. 사랑해! 보고 싶어! 고마워!"

목소리를 듣는 순간 눈물이 나오려고 했지만, 꾹 참았다. 매일 통화하던 목소리를 일주일 만에 들으니 기분이 묘했다. 정말 1분 1초가 소중한 시간이었다.

훈련소에서는 한 명당 3분에서 5분 정도 연락할 시간이 주어진다. 약속한 시각이 되면 다른 훈련병에게 비켜주어야 하기에 우리의 첫 번째 전화는 그렇게 끝이 났다.

"또 전화해 나 꼭 받을 거야!"

11화 인터넷 편지 쓰기

꾸나가 훈련소에 간 뒤 며칠 뒤면 인터넷 편지를 보낼 수 있다. PC와 앱으로 보내는 방법 중 선택하면 된다. PC로 보낼 경우, 훈련소 홈페이지에 접속한 뒤 '내 자녀 찾기'를 누르고 꾸나 이름을 검색하면 된다.

앱을 이용하는 방법은 '더캠○' 앱을 내려받아 회원가입을 한 후 꾸나의 이름과 생년월일, 입영일, 입영부대를 선택하고 교육대를 찾아 편지를 작성하면 된다.

전일 오후 1시까지 작성한 편지가 꾸나에게 전달되며, 한번 보내는데 한 페이지에 2,000자로 정해져 있다. 두 페이지로 넘어가면 분실되는 경우가 생겨 편지를 두 번 나누어 쓰는 게 좋다. 인터넷 편지는 보통 일과가 마무리될 때 전달된다고 한다. 꾸나는 인터넷 편지가 많이 와 있는 날이면, 그날의 힘듦이 싹 씻겨나간다고 한다.

그러다 보니 나의 아침 일과는 인터넷 편지 작성부터 시작한다. 꾸나에게 기쁨을 선사하기 위해 오늘도 인터넷 편지를 보냈다.

"네가 매일 매일 행복했으면 좋겠어."

12화 손편지 보내기

"손편지 왕이 될 테다."

우리 꾸나가 다른 곰신들이 보내는 편지에 기죽지 않게 예쁜 봉투에 넣어서 알록달록 꾸며봤다. 그런데 정해진 규격에 맞지 않는 봉투에 넣지 않으면 분실될 수 있다니 거듭 확인은 필수다. 손편지는 인터넷 편지를 보내고 난 뒤 일정 기간이 지나야 보낼 수 있는데 정확한 날짜는 앱 혹은 홈페이지에서 확인할 수 있다.

한 가지 더, 우편번호 대신 사서함 번호를 적어 보내는데 사서함 번호는 꼭 적어야 한다. 사서함 번호 역시 홈페이지에서 확인할 수 있다. 편지 보낼 때 등기로 보내면 더 빨리 간다는 말이 있는데 이건 잘못된 정보이다. 등기 또한 분실위험이 있다. 오래 걸리더라도 일반편지가 안전하다. 우표도 380원과 470원짜리가 있는데, 우편번호가 없는 경우에는 470원 우표로 보내는 게 좋다. 편지 안에 간혹 음식물을 넣는 곰신들도 있는데 이건 자제해야 한다.

"오늘도 내 편지가 꾸나에게 잘 전달되길 바라~"

13화 꾸나의 답장

드디어
첫 편지 도착!!!!!
5-7일 만에 드디어ㅠㅠ

자기, 안녕~ 부모님께 편지쓰고 제일 먼저쓴다ㅎㅎ 나 자기가 챙겨준 물품 잘쓰고있어ㅎㅎㅎ 나름 나도 잘 지내고 있는 것같아^.^♡

동기들도 다들 너무~ 착하고! 너무 잘 챙겨줘ㅎㅎ 자기는 나없이 뭐하고 있으려나♡

얼른 널
볼 수있는 수료식이 왔으면 좋겠어!
어떻게 알고 이렇게 다 챙겨줬어!
아주 예뻐 죽겠어 ♡
나 편지 많이 쓸테니까
아프지말고 잘지내고 있어야해
사랑해 ♡♡♡
♡꾸나♡

히잉ㅠㅠㅠㅠㅠTTTㅠ
더 보고싶어졌어ㅠㅠㅠ
후~
~엥
이게 첫편지후유증인가,,

드디어 첫 편지 도착!

꾸나가 나에게 쓴 편지가 도착했다. 주말 포함 5~6일 정도 걸렸다. 내가 챙겨준 예쁜 알록달록 편지지에 삐뚤빼뚤한 글씨로 꽉 채운 편지를 보니 귀엽고 기특했다. 훈련소에서는 편지를 쓸 수 있는 시간을 따로 준다고 했다.

꾸나는 편지에 "나는 잘 지내고 있어. 여기 동기들이 너무 좋아. 다들 서로 너무 잘 챙겨줘…."라고 적어 나를 안심시켰다. 잘 지내고 있다고 말하지만 네가 걱정되는 건 어쩔 수가 없나 보다.

14화 종교 행사

훈련소에 들어가면 없던 종교도 생긴다는 말이 있다. 매주 한 번씩 불교, 천주교, 기독교, 원불교의 종교활동이 이뤄진다. 종교활동을 하면 간식을 주는데 아이스크림, 초코파이, 햄버거 등 종류가 다양하다.

특히 기독교 활동을 하는 사람이 가장 많다고 했다. 가끔 예배 시 밴드도 나와서 찬송가를 같이 불러 주기 때문이다. 이때 모든 군인이 다 일어나 손뼉을 치는 등 엄청난 열기를 보여준다고 한다. 찬송가 중에서도 '실로암'이라는 찬송가가 있는데, 예배 후에도 입에 맴돈다는 게 후일담이다.

많은 꾸나들의 말을 들어보면, 종교가 없는 장병들은 초코파이와 같은 달콤한 간식을 받기 위해 종교활동을 한다. 또 종교 행사에 참여하지 않으면 청소 등의 다른 일을 하기 때문에 주말이면 종교 행사에 우르르 몰려간다고 했다.

15화 수료식 하루 전

수료식D-1
벌써 길고 긴 5주가 끝나가..!!!

옷은 이거? 저거?

그날은 이것도 하고 저것도 하고~!!!
철저하게!
계획은
시간낭비X!

히히 얼른자고 내일이 왔으면..

...

잠이 안와..!

16화 대망의 수료식

길다면 길고 짧다면 짧은 약 한 달의 훈련이 끝났다. 오전 10시부터 진행되는 수료식을 위해 새벽에 일어나 전날 준비한 옷을 입고 논산으로 출발했다. 꼭두새벽이라서 버스엔 사람이 없고, 차도 막히지 않았다. 훈련소 안에 들어가 보니 이미 꾸나 가족들이 먼저 도착해있었다. 꾸나는 부모님과 날 보자마자 눈시울을 붉혔다. 눈시울이 붉어지는 꾸나를 보니 나도 눈물이 났고, 꾸나의 부모님도 눈물을 보이셨다. 한 달 만에 본 꾸나는 그새 살이 쏙 빠져있었다.

"근데 나 너무 먹고 싶은 게 많아."
눈물도 잠시, 꾸나의 한마디로 웃음바다가 되었다. 참고로 논산훈련소 주변에 맛집이 많다. 고기, 닭강정, 피자, 아이스크림, 빵 등 꾸나가 먹고 싶은 메뉴를 선택하면 된다.

'그동안 얼마나 먹고 싶은 게 많았을까. 너무 안쓰러워 우리 꾸나.'

17화 복귀

"이제 들어가 볼게…."

복귀해야 하는 오후 7시가 오고야 말았다. 시간이 멈췄으면 좋겠다. 언제 '복귀'라는 말에 익숙해질까. 다리를 붙잡고 나도 같이 들어가고 싶은 심정이다.

"또 언제 볼 수 있어?"

"나 또 곧 나올 거야. 조금만 기다리면 내가 짠! 하고 올게."

18화 자꾸 생각나 ① 너와 갔던 모든 곳

수료식을 마치고 꾸나의 본격적인 군대생활이 시작되었다. 보고 싶고, 그립고, 슬픈 마음에 이전에 했던 까톡 메시지를 찾아봤다. 우리가 지금까지 먹었던 음식 사진들이 보였다. 맛집에 모두 가보자며 약속하고 전국 지도를 프린트했던 게 엊그제 같은데….

안동 찜닭, 일산 칼국수, 부산 돼지국밥, 광양 불고기, 담양 떡갈비, 전주 비빔밥, 나주 곰탕, 대구 막창 등 우리 언제 다 가볼 수 있을까? 인별그램에 올린 그동안 같이 갔던 맛집들의 사진을 보며 아쉬움을 달랬다.

친구들과 맛있는 걸 먹을 때면 남자친구부터 생각나고, 나중에 꼭 같이 먹으러 와야지 다짐하는 것의 반복이다.

'도대체 휴가는 언제 나오는 거니….'

19화 자꾸 생각나 ② 카메라 앨범

"너무 귀여워. 이 사진도, 저 사진도!"

보고 싶은 마음에 카메라 앨범을 자꾸 보게 된다. 많은 사진 중에서도 내가 제일 좋아하는 사진은 남자친구의 엽사! 남자친구가 얼굴을 찡그리는 모습이 내 눈엔 왜 이렇게 귀여운지. 너의 모습이 순간포착된 엽사는 정말 보물 중의 보물이다. 사진을 보고 있으니 더 보고 싶고, 같이 있고 싶을 뿐이다. 옆에 있었다면 함께 사진을 보면서 웃고 떠들었을 텐데.

예비 곰신이라면, 주제별로 앨범을 정리하는 것을 추천한다. '기념일' 앨범, '커플 사진' 앨범, '엽사' 앨범 등으로 정리해도 좋고, 남자친구가 군대에 들어간 뒤 일병, 이병, 상병, 병장별로 사진을 모아두어도 좋다. 이 사진들은 분명 나중에 큰 추억으로 남을 것이다.

20화 자대 배치

이번엔 '자대배치'
탐구하기!

부대는 크게
사령부-군단-사단-여단-연대
-대대-중대-소대-분대
로 분류!
보통 사단까지 알고
더 자세히는 자대로
가서 알 수 있지!

혹시 스스로 지원했거나
훈련소 내에서 선택되어서
특기병이 되면 후반기교육을
받으러가!
ex) 운전, 포병, 통신 등

그리구 □사단은 어떻고
△사단은 어떻다~
말이 많지만 사실 옛날얘기라
그렇게 걱정하지않아도 돼요~
NO~
NO~

그러니 너무 걱정말구
기다려봐용~♥

2장

이등병

1화 꾸나의 투정

내 여자친구는 뭘 하고 있을까?

어디가도 여친얼굴보는게 내 빼이보릿! 이었는데..
(Favorite)
나?
나?

여긴어딜봐도 나랑같은 빡빡이뿐야..
빡빡빡-

보고싶어 자기야ㅠㅠㅠ
나 힘들어..
누가 내얘기하나..

2화 유격훈련

〈유격훈련전〉
와 이거저거……~
진짜 엄-청
힘들어!!!!!
오호..
힘들구나..

〈유격훈련중〉
그냥힘든게
아닌데???
!!!!!아니잠시만요!!!!!!!

모——기

햇—빛
모기랑 이뜨거운
햇빛을 참을수
없어 ㅠㅠ

"진짜 상상 이상이었다니까?!"

오늘 꾸나에게 전화가 왔는데, 목소리에 힘이 쫙 빠져있어 깜짝 놀랐다. '유격훈련' 때문이었다. 유격훈련이 생각보다 힘들었다는 것이다. 유격훈련이란 적을 능가하는 강인한 체력, 담력, 정신력과 자연장애물 극복 능력 등을 배양하기 위해 부대별로 연 1회 실시하는 훈련이다. 특히 겨울에 하는 혹한기 훈련과 함께 국군 훈련의 대표 훈련으로 뽑힌다. 등산, PT 체조 등을 진행하는데 그중에 PT 체조가 규정이 엄격해 가장 힘들다고 했다. 또 무더운 여름에 하는 훈련이라서 땀은 비처럼 쏟아지고, 텐트에서 산모기와 사투를 벌여야 해서 무엇을 상상하던 그 이상의 훈련이라고 말했다.

"나 혹한기 훈련이 두려워졌어…."

3화 전화가 오는 주문

전화가 오도록 주문을 외워봅시다~

전화야 와-와-와-
Ring Ring Ring
남친 전화 좀 해줘~

전화가 오겠지~~
흠~ 흠~ 이제
오겠지~ 흠~
뭐야.

?!
전화다!!!
이걸..?
이게 된다고..?
간절함의 힘이란..

4화 첫 번째 면회

"드디어, 드디어! 면회다."

드디어 첫 면회 날. 보통 면회는 평일과 주말 모두 가능한데 평일은 오후부터, 주말은 오전부터 일과가 끝날 때까지 같이 있을 수 있다. 꾸나가 면회를 신청했다는 말에 설레는 마음 안고 아침 일찍 부대로 향했다. 도착하면 신분증을 제출하고 확인 단계를 거쳐 면회장에 들어갈 수 있다. 면회장에 도착해 얼마 지나지 않아 손을 흔들며 뛰어오는 꾸나의 모습이 보인다. 부둥켜안으며 안부를 묻는 것도 잠시, 꾸나의 배에서 나는 꼬르륵 소리에 우리는 먼저 밥을 먹기로 했다. 요즘 면회장에서는 음식 배달이 허용된다. 꾸나가 그동안 먹고 싶었던 피자, 족발, 등을 모조리 시켜주었다.

식사 후에는 도란도란 얘기도 하고 군대 안을 구경했다. 탄약고, 화약창고, 생활관 등을 제외하고 자유롭게 돌아다닐 수 있어 꾸나가 이곳저곳을 구경시켜주었다. 특히 피엑스에 갔을 때는 누구보다 신난 표정을 지었다. "이거랑 이거 섞어 먹으면 진짜 맛있고, 이 화장품은 여기서 진짜 유명해!"라며 추천해주었고, 덕분에 싼 가격에 필요한 것들을 구매했다.

그렇게 얼마 지났을까? 어느새 시간이 훌쩍 지나 헤어질 시간이 왔다.

"나 면회 자주 올게. 몸 건강히 잘 있어."

5화 곰신의 적은 친구?

곰신의적은친구?
야야~ 곰신생활어때~?
웅?

보고싶은거 빼곤 괜찮아^^♥ 나름 할만해
ㅋㅋㅋ ㅋㅋ

그냥 헤어져~군대기다려주면~다 헤어지더라 결.국. ^^~
???
아?

남자는 많이 만나봐야 돼~ 너 그냥 시간버리는거라니까~ 이 언니말 들어~ 어? 그리고 ~~@#~!

조용히해.. 알빠야?
알았어 미안해..

"어차피 헤어질 텐데 군인 남자친구 기다리면 네 시간만 아까워."

가끔 이렇게 이야기하는 친구들이 있다. 기다리는 것은 내 자유인데, 사랑하는 사람을 기다리는 것에 대해 시간이 아깝다며, 헤어질 것이라며 부정적인 이야기를 쏟아내는 건 대체 무슨 심리일까.

우리를 불안하게 만드는 말은 무시하면 된다. 분명 예쁜 사랑을 나누는 우리를 질투하는 거다. 한 귀로 듣고 한 귀로 흘려버리자.

모든 곰신, 꾸나 파이팅!

6화 네 목소리는 내 피로회복제

7화 휴가 날짜 나온 날

"자기, 나 드디어 첫 휴가 날짜가 나왔어!"

오늘 점심에 꾸나에게 전화가 왔다. 가장 기분 좋은 말을 들었다. 2박 3일 동안 휴가를 나올 수 있다고 했다. 신병 휴가는 보통 한 달에서 두 달 사이에 2박 3일 혹은 3박 4일로 나간다. 2.3초, 3.4초의 시간이라고 말하지만, 같이 있는데 단 몇 초도 얼마나 소중한가. 첫 휴가를 받은 꾸나의 마음은 말할 것도 없고, 내 마음은 쿵쾅쿵쾅 두근두근 난리가 났다. 짧아도 좋아! 너무 좋아!

'생각보다 일찍 나오네. 뭐부터 준비하지?'

일단 꾸나가 없다는 우울감을 음식으로 풀었던 탓에 급하게 찐 살부터 빼야겠다.

'보고 싶은 꾸나야, 시간이 빨리 흘러서 얼른 만나자.'

8화 다이어트 대작전

다이어트
휴가날까도 나왔겠다!
간다! 다이어트!

치..킨..?
언니~ 오늘 치킨 고~?

넌 먹을때가 제일 예뻐~
내일부터 해~
괜찮아~

으으-
우으..

치킨집 이죠~?
다이어트는낼부터^^!

"나는 더 이상 못해…."

첫 휴가 날짜를 알아버린 이상 다이어트는 이제 미룰 수 없다. 본격 다이어트 대작전에 돌입한다! 이제 정말 살 빼는 거야.

하지만 내 굳은 다짐도 잠시 주변에 다이어트를 방해하는 동생과 친구들이 많아도 너무 많다.

"내가 치킨 쏠게~", "살 안 빼도 괜찮아~"

다이어트를 하기로 마음을 먹었지만, 치킨은 역시 포기할 수가 없다. 의지가 약한 게 아니라 치킨이 너무 맛있는 걸 어떡해! 치킨 잘못이지. 그래도 괜찮아 맛있게 먹으면 '0'칼로리니까!

9화 D-1 설레는 휴가 ① 꾸나 편

"드디어 내 차례다!"

신병 휴가 가기 하루 전이다. 부대 안에서 바로 위에 기수 선임을 '맞선임'이라고 한다. 맞선임은 나를 '맞후임'이라고 부르며 궁금한 게 있으면 알려주고 잘 챙겨준다. 휴가 나오기 전날에는 보통 맞선임들이 맞후임의 구두도 닦아주고 군복의 각도 잡아준다. 그리고 휴가를 가기 직전에는 보급관이라는 분이 조심해야 할 사항들을 알려준다. 이때 머리가 길면 단정하게 자르라고도 하는데, 나는 역시 머리가 빨리 자라서 잘라야 한다고 했다. 여자친구한테 예쁘게 보이고 싶은데 너무 짧으면 어떡하지? 걱정이 태산이다. 이제 머리도 잘랐으니 휴가를 가는 게 실감이 난다.

"기다려줘, 내가 간다!"

10화 D-1 설레는 휴가 ② 곰신 편

"우리 정말 내일 보는 거야? 안 믿겨."

"그럼 정말이지! 우리 내일 보는 거야."

휴가 D-1, 나오기 전에 마지막 통화를 했다. 꾸나가 군대에 있는 동안 짧다고 하면 짧지만, 체감시간은 너무 길었다. 휴가를 어떻게 알차게 보낼 수 있을까 고민하며 분 단위로 쉴 틈 없는 치밀한 계획을 세워두고 꾸나가 나오면 함께 입을 옷도 준비했다. 참고로 꾸나의 휴가 계획도 있으니 미리 꾸나의 일정을 물어봐야 한다는 것을 잊지 말자.

'내일 아침이면 꾸나에게 연락이 올 테니 일찍 자고 일찍 일어나야겠어. 너무 두근거려서 잠이 오지 않지만 자도록 노력해볼게!'

11화 첫 휴가

아~~~
자기야~~~

오늘 내가 계획을
다 짜놨지~~
나만 따라와~
옷 잘 어울
리네~

맨날 했던
데이트
같은데..

색다르고
더 두근거려!!!

행복해!!!!!!
2.3초지만♡

12화 꾸나의 선물

자기야 내가 줄게 있어흥흥

자자 - 잔
PX털어왔다

뭐야!!!!! 돈도얼마없을 텐데 꾸나 맛있는거사먹지 ㅠㅠㅠㅠㅠ

헤-? 이게다뭐야!!!!!?

내 피부 맞을 거 생각해주고
다 잘 챙겨줘서
고마워♥
오구
기특해~

DR. GG
ULTRA VITALIZING
구디
몽쉘

DR. GG
2장
18화에서
제대로
자세히!
꿀팁과
상세내용설명
드릴게요♥

13화 복귀 후유증

"이제 연락이 오지 않아. 까톡도, 문자도…."

짧은 2.3초가 훅! 지나갔고, 꾸나는 복귀를 했다. 기다리면 까톡이 올 것 같고 전화를 하면 받을 것 같은데 그럴 수 없다는 생각에 또 슬퍼졌다. 조금이나마 슬픔을 떨치고자 곰신톡과 곰신 카페에서 곰신 친구의 도움을 받아보기로 했다.

"이런 날은 어떻게 해야 돼?"

보통 곰신들은 바쁘게 살면 생각이 덜 난다고 했다. 학교 다니면 과제를 하느라 바쁘고, 일하면 일에 집중하기 바빠 우울한 생각이 없어진다고 했다. 또 영화를 보거나 각자의 취미를 즐기고 자기계발에 집중하는 것도 좋은 방법이라고 추천했다. 정말 우울한 날에는 친구들을 만나거나 밖에 나가서 쇼핑하는 것도 하나의 방법이다. 꾸나는 곧 또 나오니까 많은 곰신들이 슬퍼하지 않았으면 좋겠다.

74화 넌 왜 군인이야!

넌 왜군인이야!!!!?
ㅠㅠ
복귀는 왜해!!!?ㅠㅠㅠ

나도
보고싶을때 보고
전화하고
싶을때
전화하고 싶다구!!!!
ㅠㅠㅠㅠ

내가 군인이라 미안해

. . .

. . . (주륵) . .
!!??

빨리 전역했으면....
왜울어!!!!
넌 왜울어ㅠㅠ!!!!
그럼 전역하던가 !!!!ㅠㅠ
할거야!!
할거라고!!!!

15화 면회받은 날

"자기야 나 면회받기 성공!"

너무 보고 싶은 마음에 면회할 수 있냐고 물었더니 며칠 뒤 면회받기 대성공이라며 전화가 왔다. 또 볼 수 있다는 마음에 벌써 심장이 쿵쾅 뛴다. 두 번째 면회는 사랑을 듬뿍 담은 도시락을 준비해보기로 했다. 메뉴를 정하기 위해 검색도 해보고 블로그도 샅샅이 찾아봤다. 그래, 메뉴는 가볍게 먹을 수 있는 연어 샐러드, 베이컨 말이, 월남쌈, 유부초밥이 좋겠어. 그리고 후식으로 제철 과일과 군것질거리들을 챙기기로 했다. 그리고 지금까지 쓴 편지들과 최근 찍은 사진들을 인화해 가방 깊숙이 넣어놓고 오랜만에 보는 꾸나한테 예뻐 보이고 싶은 마음에 간만에 옷 쇼핑도 했다.

"면회 날만 기다리고 있어."

16화 면회 도시락 준비하기

17화 두 번째 면회

두번째 면회 !
벌써
2번째 라고~

(면회장)
여보 이게 다 뭐야!!!!?

너무 고마워 이게 다 뭐야ㅠㅠㅠ
휴 보람차군

이런저런 얘기하다보니 시간은 훌―쩍 가지만!!!!

도시락도 처음싸보고~
면회장도 처음 구경하고
아주 보람찬 두번째 면회
후기였습니다~!
꺄
2번째면회 기억나시나요~?

"나 또 왔어! 보고 싶었지?"

벌써 두 번째 면회이다. 처음 면회할 때는 버스를 타는 것부터 시작해서 도착하면 오늘 면회가 안 된다고 돌려보내면 어떻게 해야 할지 등 쓸데없는 걱정을 많이 했다. 하지만 이젠 아니다. 난 두 번째인걸. 버스도 미리 예매하고 도착해선 당당하게 신분증을 내고 면회장에 들어갔다. 꾸나에게 비밀로 하고 도시락을 싸갔는데 역시나 꾸나는 내 도시락을 보자마자 깜짝 놀랐고, 맛있게 먹어주었다. 먹는 모습만 봐도 배부르다는 게 이런 느낌인가.

도시락을 먹고 난 후에는 첫 번째 면회 때 피엑스에서 산 것 중 또 사고 싶은 것들을 구매했고, 꾸나와 꼭 붙어 있다가 그렇게 두 번째 면회가 끝이 났다.

"나중에 또 올게!"

18화 곰신의 장점 ① 피엑스 쇼핑

"정말 싸고, 쉽게 구할 수 없는 물건들이라 특별해!"

군대 피엑스 하면 떠오르는 특징은 저렴하다는 것이다. 물건에 세금이 붙지 않아서 시중보다 훨씬 싼 것이다. 나라를 위해 오늘도 힘써주는 군인들에게 제공하는 소중한 혜택이랄까. 그래서 곰신들은 꾸나를 통해 피엑스 물건을 접할 수 있다.

피엑스 추천 물건 첫 번째는 화장품이다. 제일 유명한 브랜드로 '닥터○'라는 브랜드가 있고, 달팽이 크림과 선크림, 수분크림 등 1만 원도 안 되는 가격으로 살 수 있다.

두 번째 추천 물건은 영양제이다. '정관○', 'KGC인삼공○' 등 다양한 브랜드가 있다. 보통 홍삼과 인삼으로 만들어진 영양제가 많고, 그 외에도 비타민, 유산균 등 다양한 종류가 있다.

추천 물건 세 번째는 과자와 라면 등 식품이다. 피엑스에서만 살 수 있는 과자들이 있기 때문이다. 지금은 시중에서도 구할 수 있지만, 한때 피엑스에서만 구할 수 있었던 '딸기 몽○' 열풍이 불기도 했다. 이외에도 참치 크래커, 불닭볶음밥 등 군대에서만 살 수 있는 것들을 마트보다 싸게 살 수 있으니 곰신들이 놓치지 말고 피엑스 쇼핑을 알차게 즐겼으면 한다.

"꾸나야 오늘도 나라를 지켜줘서 고마워."

19화 곰신의 장점 ② 자기계발

"오로지 나에게 집중하자."

꾸나가 군대에 들어간 지 얼마 되지 않았거나 꾸나가 너무 보고 싶어 우울하다면 자기계발 시간을 가져보는 것이 어떨까. 물론 당장 빈자리가 크게 느껴지겠지만, 매일 우울함에 빠져있을 순 없다. 책을 읽거나 다이어리를 쓰거나, 운동을 하거나, 밀린 드라마를 보는 등 자기만의 시간을 늘려가는 것이 좋다. 꾸나만 생각했던 나의 시간들이 나에게 분산되어 덜 슬프고 덜 우울할 것이다. 곰신들이 자기계발 활동을 통해 자신을 한 층 더 성장시키는 계기가 되었으면 한다.

"지혜롭고 현명한 곰신이 되겠어."

20화 울지마, 꾸나

으엉ㅠㅠㅜㅠ
어엉ㅠㅠㅜㅠㅠㅠㅠ
엉엉ㅜㅠㅠ너무힘들어쒀어ㅠㅠㅠㅜ
오구그랬쪄어~

3장

일병

1화 소포 보내기

일병진급기념
소포보내기

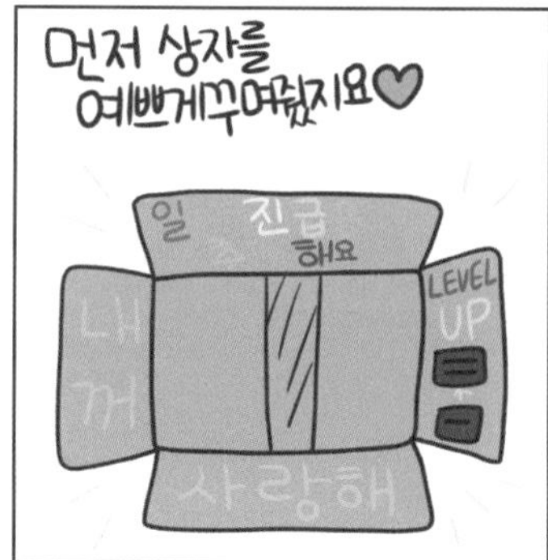
먼저 상자를
예쁘게꾸며줬지요
일 진급 해요
내 꺼
LEVEL UP
사랑해

꾸나의건강을위해!
밴드
립보호제
수딩젤
비타민
티백

생필품과
내사랑도 담고~
면봉
편지
프린팅 텀블러
물티슈
우리사진 달력

동기/선임분들 것도
챙기고!
이제보내러갑니다~

"자, 소포를 보내볼까!"

이전에 곰신 카페나 곰신톡에서 꾸나가 진급할 때마다 곰신들이 보낸 소포들을 본 적 있다. 참고하려고 메모를 해놓고 캡처도 해놨는데 큰 도움이 됐다.

먼저 상자를 예쁘게 꾸며주고 꾸나의 생활관 선임, 후임, 동기들을 위한 선물을 담았다. '우리 꾸나 잘 부탁합니다. 예쁘게 봐주세요.'의 문구가 적힌 봉투에 과자와 사탕, 섬유탈취제와 쿨팩과 핫팩을 나눠 담았다. 꾸나에게는 입술보호제, 영양제와 밴드, 차와 선크림 등을 추가로 담았고, 우리의 사진이 예쁘게 프린팅되어있는 텀블러, 달력, 그리고 편지, 물티슈, 면봉, 남성 청결제, 구강 스프레이, 모기퇴치제까지 꾹꾹 눌러 담았다. 꽉 찬 상자는 우체국 택배를 이용해 보냈다. 무게가 꽤 돼서 가격이 많이 들었지만 꾸나가 기뻐할 생각해 아무런 문제가 되지 않았다. 택배는 주말을 제외하고 2~3일 안에 도착한다.

"더 챙겨주고 싶은 마음뿐이야. 상병 때는 더 많이 챙겨줄게!"

2화 장거리 연애의 특징

3화 싸지방

"SNS를 통해서도 연락할게."

'싸지방'이란 사이버 지식 정보방을 줄여서 부르는 용어로 각급 부대 안에 설치된 컴퓨터 이용 시설이다. 2019년부터는 휴대전화 사용이 가능해지면서 싸지방 이용률이 크게 줄어들었다고 한다. 싸지방에서는 보통 얼굴책, 인별그램 등의 SNS(Social Network Service)를 이용하는데 요즘은 유튜○를 많이 본다고 한다. 요즘은 컴퓨터 사양이 많이 좋아져서 인터넷 속도도 빠르고 렉도 잘 걸리지 않는다고 한다. 하지만 가끔 게임을 깔아서 하는 군인들이 있는데 절대 하면 안 된다. 꾸나의 지인의 경우, 병장 때 게임이 너무 하고 싶어서 싸지방에서 게임을 설치했다가 걸려서 말년 휴가 14박 15일을 못 나왔다고 했다. 또 싸지방을 이용하려면 요금을 내야 했는데 요즘은 무료라고 한다.

특히 싸지방은 꾸나들의 자기계발을 위해 많이 이용되기도 한다. 인터넷강의를 듣거나 자격증 공부도 할 수 있어 많은 꾸나들이 애용한다고 한다.

'보람찬 군 생활을 위해 싸지방을 잘 활용해보자.'

4화 군대개방

군대개방
어서와
히히

군부대개방을 하면, 먼저 자유롭게 생활관 구경을해요!
오~

저는 중대원들이 특별한 영상과 장기자랑(?) 같은걸 준비해 티타임을가졌죠!!
호짜
호짜

덕분에 꾸나랑 얘기도하고~ 꾸나부모님과도 많은얘기를나눴어요!!!!

PX도 사고싶은거 다 사버렸죠
FLEX

제 꾸나는 자기가 자는곳도 보여주고, 이제 전화 할때 더자세히 얘기할수있어서 더 좋다는데 여러분은 어떤가요?

5화 군대리아 시식 후기

군대리아
라고!!?

군대개방행사때
드디어 먹어본 군대리아!
오오-

짜ー잔

우와~
할정도로 맛있는 음식은 아니었지만
군대에서, 또 꾸나랑
먹어서 더 특별한
군대리아!

"유명한 군대리아다!"

한때 TV 프로그램에 나와 유명해진 군대리아. 드디어 군대개방행사를 통해 먹어볼 기회가 생겼다. 먼저 식판에 햄버거 빵과 고기 패티, 시리얼과 우유, 딸기잼, 삶은 달걀을 받았다. 먹는 방법은 개인의 자유이다. 빵과 시리얼, 딸기잼을 한 곳에 담아 우유를 부어서 말아 먹는 사람도 있고, 빵에 패티를 넣어 먹는 사람, 모두 따로따로 먹는 사람 등 방법은 정말 다양하다. 여러분의 꾸나는 어떻게 먹었다고 하나요?

6화 외출데이트

외출 데이트
가쥬
앙~

외출이 가능하다는 꾸나의 연락에
부모님과 함께 꾸나를 보러왔습니다!
부대마다 달라요!!

부모님께선
오랜만에 둘이
시간을 보내라며
배려해주셨어요~
잘놀다와~
그려
그려~

"면회가 아니라! 외출이라니?"

부대마다 외출 규정은 조금씩 다르지만 꾸나의 부대는 부모님이 오신 경우에만 외출이 허용된다고 했다. 부모님과 함께 군부대 안에서 간단하게 점심을 먹은 뒤 부대 밖을 나왔다. 부모님께서는 둘이 오랜만에 시간을 보내라며 배려해주셨고, 꾸나는 가끔 부대원들과 나와서 돌아다녔던 곳에 나를 데려가 주었다.

꾸나의 부대에서 조금만 나와 걸으면 예쁜 꽃들이 펼쳐져 있는데, 이곳을 지나갈 때마다 내가 생각나 꼭 데려오고 싶었다고 얘기해 울컥했다. 또 저녁에 꾸나가 동기들과 맛있게 먹었었던 곳에 데려가 주면서 이곳도 정말 맛있어서 같이 오고 싶었다고 말해 또다시 눈물이 나오려고 했다. 외출도 마찬가지로 오후 7시까지는 복귀해야 해 꾸나가 부대에 들어가는 것을 보고 꾸나의 부모님과 함께 집으로 돌아왔다.

"나도 맛있는 걸 먹을 때 꾸나를 생각하는데, 꾸나도 똑같네…."

7화 커플티 맞추기

아니야~ 난 핑크 안어울려~
부절
인절

핑.크.라.니.까?

핑크가

어휴, 난 세상에서
핑크가 제일 좋더라!
그럼그럼~

8화 복귀 안 하면 어떻게 돼?_영창

“복귀 안 하면 어떻게 돼 꾸나!?”

군대에는 ‘영창 제도’가 존재한다. 영창은 사전적 의미로는 법을 어긴 군인을 가두기 위해 부대 안에 설치한 감옥이라고 명시가 되어있다. 말 그대로 군에서 잘못한 사람이 가는 ‘군대감옥’인 것이다. 이 영창 제도는 2020년부터는 사라지고 대신 감봉이나 군기 교육 등 새로운 제도가 도입된다고 한다.

영창이 존재할 때는 ‘경징계’와 ‘중징계’가 있었다. 경징계는 외출할 시에 보급품이나 군용품 등을 반출하는 것이 적발되거나 성희롱 등 잘못을 하였을 때 징계권자가 벌의 형태를 지정해 반성문 작성이나 힘든 훈련, 휴가 제한을 당하는 것을 말한다. 휴가 제한은 정기 휴가에서 휴가를 거절당해 최소 3일에서 최대 7일까지 휴가가 제한되는 것을 말한다.

중징계는 근무지를 이탈하였거나 폭행, 상관 지시 불이행 등의 범죄를 저지른 군인들을 영창으로 보내 그 안에 있는 동안 군 복무 기간이 늘어나는 것을 말한다.

요즘은 군대 규정의 강도가 이전보다 많이 나아졌다고 하지만 그래도 언제 어디서 어떠한 일이 일어날지 모르는 것이기 때문에 항상 조심해야 한다.

“꾸나…. 잘 지내고 있는거 맞지…?”

9화 복귀는 싫어

"몰라!! 화가 나!!"

휴가를 나온 꾸나가 옆에서 웃고 있으면 갑자기 문득 화가 날 때가 있다.

'아니 옆에 나를 두고 핸드폰을 해?', '나는 네가 곧 복귀해서 슬픈데 넌 지금 웃음이 나와?' 등의 생각이 들면서 괜히 꾸나한테 삐졌다고 말하며 화를 낸다. 그럴 때면 꾸나는 영문도 모른 채 일단 애교를 부린다. 내가 화를 내서 본인이 더 힘들 텐데 말이다. 이상하게 꾸나의 복귀가 다가올 때면 갑자기 우울해지기도 하고 풀리기도 하며 기분이 여러 번 바뀐다.

"몰라! 귀여우니까 봐준다! 맛있는 거 먹자! 흥."

10화 제대로 찍어줘

아니 이게뭐야!?

엄청난 대두
눈감음
남친만 잘나옴

사진좀 잘 찍어봐,,
맨날 자기만 잘나와,,

11화 독립기념관 방문하기

방문인증도장을 쾅!!!!!
독립기념관
방문

+1
휴가복귀후에 휴가증 제출하면
다음휴가에 +1일!

항상 감사하는마음으로!

12화 유난히 보고 싶은 날

우ㅅㅅ

안돼애애애—앳!

남자친구 바람피는 꿈은
대체 왜 꾸는거야
ㅠㅠㅠ
다른여자랑
손잡고!
자기가
막 어!?
뽀뽀뽀하고!ㅠ

어리둥절
긁적..
긁적..

13화 꾸나의 부상

인대가
늘어났지 뭐야,,

나는 괜찮아,, 3주면 낫는데! 흥 선임분도 고의로 그런거도 아니고!!
진짜,,,,

나속상해죽어ㅠㅠㅠㅠㅠ
ㅠㅠㅠ
후에 에-엥ㅠㅠㅠ
다치지마꾸나ㅠ

14화 온종일 저기압

응,, 알았어,, 아프지말고,,, 응 사랑해~
끊어~♥

안그래도 떨어져있어서 챙겨주지도 못하는데,,
누구야대체,, 우리꾸나를ㅠㅠ
인대늘어남 증상검색해 봐야지...

저기압
휴우
유우

"진짜 어쩌다가 다친 거야…. 걱정되게…."

꾸나에게 걸려온 한 통의 전화. 왠지 모를 불길한 예감이 들었다. 역시 안 좋은 예감은 틀린 법이 없다. 꾸나가 다쳤다고 했다. 심장이 덜컹하고 떨어지는 느낌이 들었다. 너무 속상한 마음에 찡찡거리며 잔소리하고 싶었지만 다친 꾸나가 더 속상할 것 같아 꾹 참았다. 꾸나는 전화하는 내내 아프단 소리는 하지 않고 나를 안심시키려는 말들만 했다.

전화를 끝마치고 나서 꾸나가 아프다는 생각 때문에 속상해 끙끙 앓은 탓에 온종일 저기압이었다.

"이럴 때 면회라도 갈 수 있으면 얼마나 좋을까?"

15화 서프라이즈 면회

"서프라이즈~ 깜짝 놀랐지?"

보통 면회는 사전에 꾸나가 신청해서 주말에 가는 경우가 많고, 꾸나와 일정을 조율하고 가는 게 좋다. 하지만 GOP와 같이 최전방 부대가 아니라면 별도 사전 신청 없이 당일 가도 된다. 단, 깜짝 이벤트를 할 때는 눈치를 조금 살필 필요가 있다. 꾸나가 주말에 면회 계획이 없으면 주말 근무자로 편성될 수 있기 때문이다. 나는 꾸나의 선임과 친해져서 선임분이 도움을 주었고, 꾸나 몰래 면회를 갈 수 있게 되었다. 꾸나가 부상으로 인해 하루 종일 저기압인 모습을 보고 주신 선임분의 센스있는 선물이랄까. 아무튼, 너무 속상한 마음에 잠도 못 자고 바로 부대로 달려갔다. 면회장에 앉아있으니 꾸나가 어리둥절한 표정으로 문을 열고 나오는 순간 나를 보더니 "어?! 뭐야!! 어떻게 왔어?!"라며 눈이 커졌다. 깁스한 꾸나를 실제로 보니 정말 너무 마음이 아팠다.

"내가 알고 만나는 것도 좋은데, 이렇게 생각지도 못한 날 짠하고 오니까 더 기분 좋다!"

꾸나의 예쁜 말은 속상한 마음도 다 가시게 하는 것 같다. 혹시 서프라이즈 면회를 준비하고 있다면 꾸나의 주말 일정을 조심스럽게 물어보고 부대 분위기도 알아두면 좋을 것 같다.

16화 탈영은 안 돼

자-기-야-아
나 다시 들어가기 싫어어어엉ㅠㅠ
ㅠㅠㅠ
ㅠㅠ

확 그냥!!!
다 챙겨 나와!!!!?

탈영해!!?

꾸나의 마음은 이해가 돼..
넵!
얌전히
들어가세요^^

"진짜 이대로 자기와 같이 나가고 싶어. 탈영할까?"

서프라이즈 면회를 마치고 집에 가려고 하는데 꾸나가 말했다. 탈영!? 안돼!! 절대 안 돼.

군인들이 장난삼아 입에 달고 사는 말 탈영. 탈영에 대해 조금 설명하면 탈영은 군 복무 중 군무를 기피할 목적으로 부대나 직무를 이탈하는 것을 말한다. 탈영한 경우 1년 이상 10년 이하의 징역을 받으며, 심리상태와 상관없이 벌을 모두 받는다고 한다. 하지만 심한 부조리, 갑질, 폭언, 폭행, 성폭행 등으로 인한 탈영인 경우 판결에 따라 조사가 진행되며, 가해자도 처벌이 내려진다.

꾸나도 휴가나 면회를 하러 갈 때마다 "탈영하고 싶다.", "탈영할까 자기야?"라고 말하는데 장난이겠지만 탈영은 절대 하면 안 될 일이다.

"꾸나야 너의 마음은 이해가 돼…."

17화 나의 비타민_장문 메시지

"마음이 편안해지는 기분이야."

꾸나는 군대에 가기 전에도 장문 메시지를 많이 보내주었다. 일주일에 많게는 매일, 적게는 3번 이상 꼭 자기전이나 일어나자마자 장문 메시지를 남겨놓았다. 항상 예쁜 말이 가득했고, 이런 대사를 어디서 배워오나 싶을 정도로 꾸밈없이 솔직한 말들이 많았다.

"오늘 하루도 수고했어. 예쁜 내 여자친구, 오늘도 나를 기다려줘서 고마워 사랑해."

이제 꾸나는 휴대폰으로 보내는 메시지가 아닌 직접 손으로 쓴 편지를 이용해 나를 행복하게 해주었다. 나 또한 하고 싶은 말들을 편지지에 적어 만날 때마다 모아서 주거나 시간이 되면 그때그때 보내려고 노력하고 있다.

"고마워."라는 말이 연인관계에서 정말 중요한 말이라고 한다. 서로를 존중하고 사랑하는 느낌이 들기 때문이다. 이제부터라도 고맙다는 말을 많이 해보는 건 어떨까?

"꾸나야 나 매일 예뻐해 줘서 고마워. 꾸나도 오늘 하루 수고 많았고 내일도 잘 부탁해. 사랑해!"

18화 포상휴가

"자기! 나 포상휴가 받았어!"

꾸나에게 오늘 '포상휴가'를 받았다는 소식을 들었다. 휴가를 받았다는 얘기에 일단 기분이 좋았지만, 포상휴가라는 말이 생소해 꾸나에게 물어보았다.

포상휴가는 자신의 노력과 능력에 따라 1일에서 6일까지 받을 수 있는 휴가로 군인들이 간절히 원하는 휴가이기도 하다. 첫 번째로는 훈련을 통해 받을 수 있다. 예를 들어 사격 훈련 시 10발 중 10발을 다 맞춰 1등을 하면 포상휴가가 주어진다. 훈련 성적에 따라 포상휴가가 나오기도 한다.

두 번째로는 명절 연휴 기간에 포상휴가를 상품으로 걸고 단체 줄넘기, 제기차기, 윷놀이 등을 하는데 분대원들과 그 전부터 열심히 연습해서 포상휴가를 얻는다고 한다.

세 번째로는 매년 열리는 체육대회에서 우승하면 포상휴가를 얻을 수 있다. 대표적으로 축구, 줄다리기, 달리기 등이 있다.

그 외에도 자격증을 취득하거나 포스터대회, 경연 대회 등 상을 받으면 포상휴가를 주는 경우도 있다. 그러니 꾸나가 포상휴가를 받았다면 칭찬을 해주며 어떤 이유로 휴가가 주어졌는지 물어보자!

"오구 기특해~ 못하는 게 뭐야 정말?"

19화 너무 피곤해

그래서 거기 갔는데 오후에 ✡✡이 만났다? 자기도 알지?
• • •

• • • 자기야?

자기야, 자는거야? 힝ㅠㅠ
Z
거어- 굴ㄹ
통화하면서 잠들었어.. 미안..

20화 너의 전화는 끊을 수 없어

어~ 자기야 나 씻으러 왔어흐흐
응 그럼 끊을까?

안돼!!!
(당황)

한순간도 끊을수 없어^^♥
크크크♥
이렇게 할거야^^♥

4장

상병

LEVEL UP

"드디어 반이나 왔어!"

꾸나에게서 상병으로 진급했다고 전화가 왔다. 진급해 신나는 목소리를 들으니 나도 행복해졌다. 한 사람의 기쁨으로 나도 기분이 좋아질 수 있다니 신기할 따름이다. 상병으로 진급한 기념으로 진급 축하 소포를 또 보내기로 마음먹고, 이번에는 저번보다 잘해줘야겠다고 생각했다. 꾸나 부대는 음식물 반입 가능 부대라 간식 위주로 챙겼다. 꾸나에게는 학교 과제가 있다고 거짓말을 살짝 하고 밸런타인데이 겸 초콜릿을 만들기로 했다. 직접 만드는 음식이야말로 정성 가득한 선물이 될 것이다. 다크, 화이트, 밀크, 아몬드 등 요즘은 온라인으로 다양한 맛의 '초콜릿 만들기 키트'를 쉽게 구할 수 있고, 만드는 방법도 어렵지 않아서 실패 걱정은 하지 않아도 된다. 부대원분들 것까지 모두 챙긴 후 인화한 우리의 사진과 함께 그동안 꾸준히 쓴 편지 20통까지 모두 넣었다. 과자도 종류별로 이것저것 많이 넣다 보니 저번 진급 선물보다 훨씬 무거워졌다. 무거운 만큼 뿌듯함도 더 커졌다.

"진급 축하해 꾸나."

2화 세 번째 휴가

"어떻게 하면 휴가를 잘 보냈다고 소문이 날까?"

꾸나가 세 번째 휴가를 나왔다. 휴가를 어떻게 더 알차게 보낼 수 있을지 한참을 고민했다. 추운 계절임을 고려해 실내데이트 위주로 일정을 세웠고, 먼저 혜화동에 있는 대학로에서 연극을 본 뒤 주변의 맛집들을 찾아 따뜻한 국물이 있는 점심을 먹었다. 배를 채운 후에는 근처를 돌면서 액세서리를 구경하고, 서로 사진도 찍어주고, 골목에 있는 숨겨진 카페를 찾아 앉아서 도란도란 이야기를 나눴다. 저녁에는 밥을 먹기 전에 미술관에 들러 전시회 관람도 했다. 하루의 마무리는 분위기 좋은 곳에서 저녁을 먹고 오늘은 내가 꾸나의 집까지 데려다주었다.

"세 번째 휴가의 첫날도 알콩달콩 잘 마무리! 아주 좋아~"

3화 우리의 즐거운 여행

우리의 즐거운여행
가쥬앙~

휴가 나와서 겨울바다 보니까 또 색다르네~
쏴_아-

마음이 되게 편안해진달까,,

자기랑 같이봐서 더 좋은것 같아

다음엔여기도가야해!!!
어디~?

촤라락

좋아!!!!
다가자!!!!
따라 왓!

4화 럽스타그램

럽스타그램

공개럽스타그램
해시태그 럽스타그램~ 귀염둥이~ 커플~
같이찍은사진~
내사진~
맛집사진~

비공개럽스타그램
팔로우 2 팔로워 2
비 공 개

"해시태그… @곰신, @꾸나, #럽스타그램…."

많은 연인들은 SNS을 통해 함께했던 사진을 올리는 럽스타그램을 즐겨 하고 있다. 럽스타그램을 즐기는 연인들은 크게 두 분류로 나뉘는데 공개적으로 드러내는 '공개 럽스타그램'과 그렇지 않은 '비공개 럽스타그램'의 경우이다.

공개 럽스타그램은 남자친구나 여자친구가 자신의 계정에 공개적으로 예쁘게 연애하는 모습을 올리거나, 새로운 연애계정을 만들어 함께 먹었던 음식이나 그동안 데이트했던 장소 등을 올리는 것을 말한다.

비공개 럽스타그램은 계정 주인이 게시물을 볼 수 있도록 허용한 사람만 볼 수 있도록 하는 것이다. 남자친구, 여자친구 딱 2명만 볼 수 있도록 허락해 서로를 태그하며 추억을 쌓는 것도 나름대로 매력 있는 추억 중 하나이다.

5화 콩깍지

나왔어여보!!

오오오!!!
짜-잔-

오늘도 너무 예뻐!
? 에?
?

그렇다면,,
늘 똑같았는데
왜 더 예쁘다
하는지 모름
엇그제 입은옷
?
?
?
화장도
약간덜함
사실머리
안감음

이래도?
머리를 4일동안 안감아도!?
이래도?
이래도!?
이상한표정을 계속지어도!?
이상한 춤을 막 춰도?!

응!!! 전부 예뻐죽겠어!!

예쁜내사랑~ 너무 좋아
오구
오구
그래..
콩깍지가 단단히 씌였구만!

6화 추운 겨울날

겨울에 너랑
하고싶은 것!

호떡, 붕어빵 먹기!

집에 콕! 박혀서 이불 뒤집어
쓰고 영화 보면서
귤 까먹기!!!!!!

첫 보기

눈썰매, 스키타기!

크리스마스
같이 보내기!

7화 종강

"이제 조금 덜 바빠지겠군!!"

드디어 개강이다. 학교 다닐 때는 시험공부도 해야 하고, 과제도 해야 해서 꾸나에게 편지를 쓰거나 선물을 준비할 시간이 빠듯했다. 또 수업을 듣고 있을 때 꾸나에게 전화가 오면 당연히 받지 못할뿐더러 꼭 참석 해야 하는 학교행사나 팀 과제가 있는 날이면 면회도 못 가고 휴가를 나와도 얼굴을 보기 힘들었다.

하지만 오늘부터 종강이다. 그동안 바빠서 생각만 해두었던 공부도 할 수 있고, 꾸나에게 걸려오는 전화도 자유롭게 받을 수 있다.

"이제 두 번의 개강과 한 번의 종강만 하면 곰신 생활도 끝이야!"

8화 곰신 친구의 이별

"나 헤어졌어…."

곰신 카페에서 만나 엄청 친해진 친구가 있다. 그 친구는 나와 공통점이 많아 금방 친해지게 되었고, 곰신 선배로서 나에게 많은 걸 가르쳐주었다. 그러던 어느 날 오랜만에 그 친구에게 전화가 왔다.

"나 어제 헤어졌어. 홀가분한 것 같기도 하고…."

서로를 아끼고 존중하며 예쁘게 사귀어서 결혼까지 할 것 같은 커플이었다. 친구는 덤덤하게 말했지만 절대 그렇지 않다는 것을 누구보다 잘 알기에 당장 만나자고 약속을 잡아 위로해주었다. 친구는 아무렇지 않게 말을 하면서도 위로를 해주니 눈물을 보였다. 한 번 눈물이 보이더니 그동안 울음을 참았는지 계속 울기 시작했다.

헤어진 곰신의 이야기는 SNS에서나 들어봤지 실제 내 지인이 이별을 겪을 줄은 상상도 하지 못했다. 내 주변 사람이 직접 이별을 겪으니 나 역시 더 불안하고 슬퍼졌다.

"위로밖에 하지 못해 미안해…."

9화 나는 누가 위로해주지?

"저는 누가 위로해주나요?"

친구의 상태는 많이 좋아졌지만, 아직 이별을 받아들이지 못한 것 같다. 나 역시 부대에 있는 꾸나가 매일 보고 싶고 생각이 나서 힘든데 헤어진 친구는 얼마나 더 힘들까 가늠이 되지 않는다.

곰신과 꾸나가 헤어지는 데는 많은 이유가 있다. 서로를 이해하지 못해 말다툼하고, 그 과정에서 서로 마음에 상처를 주어 헤어지는 것이 가장 큰 이유이다. 또 서로의 견해 차이를 좁히지 못해 헤어지기도 한다.

이외에도 꾸나를 기다리는 동안 곰신이 다른 남자를 만나서 환승 이별을 하거나, 전역 후 꾸나가 자신을 기다려준 곰신을 부담스럽게 생각해 헤어짐을 고하는 등의 경우도 있다. 이런 최악의 이유로 헤어진 이들을 보면 괜히 불안해지고 마음이 무겁고, 꾸나도 혹시 이런 생각을 하진 않을까 기분이 이상해진다. 이럴 때마다 꾸나는 항상 절대 걱정하지 말라며, 내 머릿속에 나쁜 생각이 아닌 예쁜 생각들만 가득했으면 좋겠다고 위로해준다.

"날 위로해주는 건 역시 꾸나 뿐이야."

10화 명절 면회

"우리 꾸나 새해 복 많이 받아~"

군대에서도 명절을 소소하게 챙긴다. 명절 음식이 간식이나 반찬으로 나오고, 제기차기나 윷놀이와 같은 전통놀이도 한다. 나는 이번 설 명절을 맞아 꾸나를 보러 가기로 했다. 꾸나와 군대에서는 처음 보내는 명절이라 조금 더 특별하게 보내기 위해 명절 맞춤 도시락을 싸기로 했다. 메뉴는 산적과 호박전, 동그랑땡 등이다. 웬걸, 마트에 갔더니 그냥 프라이팬에 굽기만 하면 되는 음식들이 많아서 다양한 메뉴들을 준비해야 하는 나에게 안성맞춤이었다. 장보기를 마친 후에는 혼자 동그랑땡과 호박전을 달걀물에 묻혀 달궈진 기름에 부쳤고, 단무지와 맛살, 버섯, 파, 고기 등을 이쑤시개에 꽂아 산적도 만들었다. 일반 도시락을 싸는 것보다 훨씬 오래 걸렸지만 꾸나가 맛있게 먹을 생각에 꾹 참고 만들었다.

"꾸나 이거 먹고 새해에도 무사히 군대생활 하기 바라."

11화 시간아 달려라

시간이 빨리
갔으면 좋겠어
시계 바늘아
달려봐~

아니,,일병, 상병은
너무시간이 안가요오,,

전화 기다리다보면
하루가 길고,, 그렇게
한달이,,일년이..길어요오,,
휴-우

시간의요정님
제시간을 더 빨리
흐르게 해주세요ㅠㅠㅠㅠ

...
나?
시간요정!
정말!! 소원이 !!!!!! 없겠어요ㅠㅠㅠ

ji....

언제는 느리게 해달라며,,
이랬다가
저랬다가

12화 즐거운 주말

???
응~나도~~

그다음은!!?
???

정말 그게 다란 말이야!!?!?
응

히잉.. 자꾸놀릴래ㅠ.. 군인자식!!!!
나도 사랑해~~

13화 다툰 날

"너 정말 미워!"

평소와 같이 전화를 하다가 말다툼을 했다. 꾸나는 훈련 때문에 피곤한 상태였고, 나도 잠을 충분히 자지 못해 예민해 있었다.

"뭐? 방금 뭐라고 했어? 방금 한 말 조금 기분 나쁘네?"

"아, 또 왜 그래?"

불과 5분 전까지만 해도 서로 죽고 못 사는 연인처럼 통화했건만, 둘 다 평소보다 예민한 탓에 한순간에 다른 사람이 되어 버렸다. 서로에게 뾰족하게 굴었고, 상처를 주는 말도 했다. 평소라면 서로 미안하다며 사과하고 넘어갈 일인데 오늘따라 내 마음 같지 않았다.

이렇게 말다툼을 할 때면 만나서 얼굴을 보고 대화하는 게 최고의 화해 방법인데, 군대에 있어 그러지 못해 더 답답하고 속상할 뿐이다.

서로 조금씩만 양보하면 해결될 문제인 것을. 꾸나에게 참 미안한 하루이다.

"내가 예민했어. 정말 미안해 내 진심은 그게 아니었어."

14화 날 화나게 하는 남자친구의 행동

해쥐 말롸구우~~
(하지말라구)
흐ㅠㅠ..
웨베베베~
에베베베~

위로받고싶어서 말하면
공감해주지 X
아니개가!
그건 잘모르겠다~
내가 너가 아니여서~

즐흐즈으...
(잘하자아...)

15화 국군의 날

"나라를 위해 오늘도 고생하시는 군인분들 모두 감사합니다."

'국군의 날'은 1950년 10월 1일 국군이 38선을 돌파한 날이다. 이날은 한국군의 위력을 국내외에 과시하고 국군장병의 사기를 높이기 위하여 기념일로 지정되었다. 과거에는 육군과 해군, 공군이 각각 기념행사를 진행하였으나, 기념일로 지정된 이후로는 함께 행사를 진행한다. 또한, 국군의 날은 법정 공휴일이었으나 1991년에 제외되었다. 법정 공휴일이 아니라서 그런지 국군의 날을 모르는 사람들이 많다. 나도 꾸나를 군대에 보내기 전까지 잘 알지 못했다.

국군의 날, 꾸나는 중대장님이 부대 안 군인들을 모두 모아놓고 국군의 날에 대해 설명했다고 한다. 이것 역시 부대마다 다르다. 국군의 날 기념행사를 하는 부대도 있고, 꾸나의 부대처럼 군인들이 모인 운동장에서 연설을 진행하는 부대도 있다. 이날을 계기로 군인분들의 숭고한 희생에 대해 다시 한번 생각해보게 되었으며, 보이지 않는 곳에서 나라를 위해 청춘을 바친 많은 군인분들에게 감사한 마음이 들었다.

"덕분에 어제도, 오늘도 편하게 잠들 수 있었습니다."

16화 외로운 크리스마스

혼자 처음보내는
크리스마스,,
...

저는
괜찮아요,,

하하하
호호호

안 괜찮아요!!!
보고싶어!

17화 일말상초의 저주

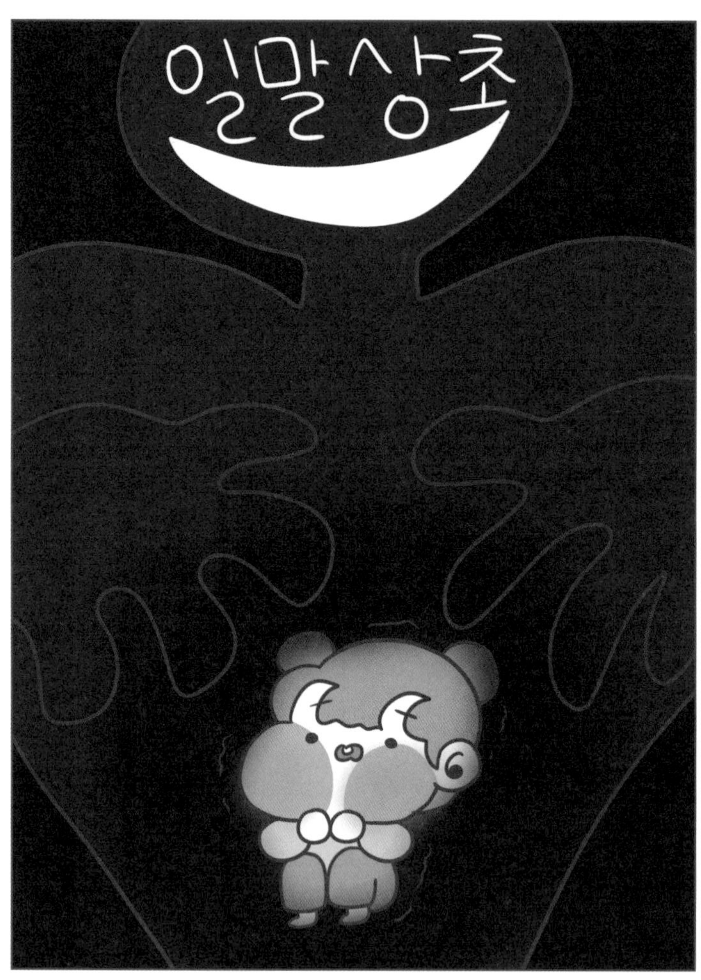

"일말상초? 나는 안 믿어!"

'일말상초'란 일병 말기 상병 초기를 줄인 말로, 군대에서 이 시기에 연인과 이별을 하는 경우가 많다는 미신과도 같은 군대의 은어이자 신조어이다. 꾸나가 일병 말, 상병 초쯤 나도 이 같은 저주의 말을 정말 많이 들었다. 곰신이라면 한 번쯤 들어봤을 것이다. 이때는 주변 친구들은 꾸나랑 다퉜다는 티가 조금만 나도 "일말상초네~ 헤어질 때 됐다!", "일말상초니까 너 곧 차인다?"라는 등의 신경이 꽤 거슬리는 말을 했다.

나뿐만 아니라 꾸나도 이런 말을 많이 들었다고 한다. 선임들이 "어차피 헤어질 텐데 지금부터 그만 만나는 게 좋을걸?", "일말상초의 법칙이 깨지는 걸 보지 못했다."라는 식의 악담을 퍼부었다는 것이다.

생각해보면 꾸나, 곰신 커플들에게 관심도 없는 사람들이 입에 달고 사는 말들이지만, 막상 헤어진다는 말을 들으면 기분이 상하고 귀가 얇은 내 꾸나가 이상한 생각을 하지 않을까 걱정이 된다. 이제는 알콩달콩한 우리의 모습을 질투한다고 생각해 크게 신경 쓰지 않지만 조금만 꾸나와 곰신을 생각하고 배려해줬으면 좋겠다.

"할 말과 안 할 말이 있다면, 일말상초는 안 할 말에 속한다고!"

18화 얼른 봄이 왔으면 좋겠어!

벚꽃보러
가자!!!!!

19화 내가 준비한 방한용품

귀마개와 마스크!
장갑2개! 기모목티!

방한덧신, 겨울용 양말!

붙이는핫팩과 흔드는 핫팩
챙기면 준비끝!!!!!
잘 준비해봅시다 ~♥
엄청
따뜻하겠지~?

20화 꿈이라도 좋아

냅름
냅름
응?

헛!
?!

꿈이라도 좋아...
헤
헤
꿈이었네..

5장

병장

1화 드디어 병장 진급

"후후 전역까지 얼마 남지 않았다!"

드디어 우리 꾸나가 병장이 되었다. 전역계산기 앱에도 '병장 1호봉'이라고 뜨니 전역이 정말 얼마 남지 않았음을 실감했다. 이제 부대 내에서도 짬(군경력의 은어)이 많이 찼고, 후임도 많아졌다고 한다. 또 머리카락도 이전보다 길게 하고 다니며 병장 기분을 엄청 냈다고 했다.

병장으로 진급했으니 진급 선물을 준비해야겠지? 이번에는 선물 택배를 보내지 말까 고민했지만, 우리 꾸나가 후임들에게 베풀며 좋은 선임이 되었으면 하는 마음에 후임분들 것까지 알뜰히 챙겨보기로 했다. 저번 상병 때처럼 상자가 넘치도록 준비하지는 않았고, 당 충전이 될만한 초콜릿과 사탕을 예쁜 포장지에 개별 포장했다. 우리 꾸나 멋있는 선임 만들기 대작전이다.

"마지막 진급이라니 이제 군대로 소포 보낼 일은 없겠네."

2화 이번 여름! 너와 하고 싶은 일!

흠뻑쇼(싸이)! 보러가기!

청량한 커플룩입고
바다여행

워터파크

수상스포츠 즐기기!!!

에어컨 빵빵!하게
이불 뒤집어 쓴채로
영화, 드라마
보기!

도시락싸서
수목원, 한강 놀러가기!
아~

3화 점점 발전하는 군대?

"Latte is horse~ 나 때는 말이야~"

요즘 군대는 이전과 비교했을 때 정말 많은 것들이 바뀌었다. 개선된 부분이 훨씬 많은데 그래서 군대를 일찍 다녀온 사람들은 종종 "나 때는 말이야~ 이랬어~" 혹은 "군대 많이 좋아졌네~"와 같은 말을 하곤 한다.

정말 많은 것들이 바뀌었지만 몇 개 꼽아보자면, 다나까 말투 폐지, 스마트폰 사용 가능, 월급 인상, 군복무기간 단축, 외박 위수지역 폐지, 영창제도 폐지 등이 있다. 다나까 말투는 아주 오래전부터 사용되어 왔기 때문에 아예 폐지하는 것은 어렵다고 한다. 또 일과가 마무리된 후에는 군 장병들도 핸드폰을 이용할 수 있는데, 평일에는 오후 6시부터 밤 10시까지, 휴일에는 오전 7시부터 밤 10시까지 사용할 수 있어 좀 더 스마트한 군 생활을 할 수 있게 되었다. 군 복무 기간도 기존의 21개월에서 18개월로 단축되었으며 월급도 2020년에는 2019년 대비 33% 인상된다.

이처럼 점점 좋아지는 군대. 곧 입대하는 남자친구를 둔 예비 곰신들에게는 좋은 소식이 아닐까 싶다.

"고생하는 꾸나들을 위해 더 나은 부대 환경이 만들어지길 바라며…."

4화 듣기 좋은 말

???
남자친구한테
들었던 말중
제일 좋았던 말은?

오늘도 전화해줘서
고마워!
오늘도 나 많이
사랑해줘서 고마워!

오늘 고기먹자♡

오늘따라 더 보고싶어ㅠㅠ
보고싶어ㅠㅠㅠ

오구내사랑~~
오끼
오끼
우리복덩이~

사랑해

왜 갈수록 더예뻐져!?
헤-에-
꼼지락
꼼지락

아프지마ㅠㅠㅠ
ㅠㅠ
히잉
약국
까까

5화 군복 입어보기

좀많이 귀도
괜찮은데?

응~사진도 찍고~
너무예쁘다~
자 기야...

내,,옷,,ㅠ,,
ㅠ ㅠ
찰칵
찰칵

6화 스냅사진

"일단 많이 찍어두는 것이 포인트!"

꾸나, 곰신으로서 이 순간을 추억으로 남겨두고자 스냅사진을 촬영하기로 했다. 스냅사진을 찍는 방법은 다양하다.

첫 번째, 스튜디오에서 찍는 방법이다. 스튜디오에서 찍는 스냅사진은 전문 사진작가님이 촬영해주시기 때문에 촬영 장비를 준비하지 않아도 되고 보정 역시 걱정하지 않아도 된다. 처음 스냅사진을 촬영하는 이들은 이 방법을 추천한다.

두 번째, 셀프 스튜디오에서 촬영하는 방법이다. 셀프 스튜디오는 요즘 젊은 커플들 사이에서 떠오르는 방법의 하나이다. 셀프 스튜디오 안에서 직접 버튼만 누르면 사진이 찍힌다. 스튜디오 안의 내부는 빈 하얀색 벽으로 되어있다. 촬영 시 필요한 소품들은 준비해와도 좋다. 제한된 시간 안에 일단 많이 찍은 뒤 사진을 골라야 한다는 사실을 꼭 잊지 말자.

세 번째, 삼각대를 활용해 야외에서 찍는 방법이다. 삼각대만 있다면, 사진은 언제 어디든 원하는 장소에 가서 원하는 만큼 찍을 수 있다. 추억이 담긴 곳이나, 예쁜 꽃이 펼쳐져 있는 자연 속에서 사진을 남길 수 있다는 장점이 있다.

이 밖에도 인생 4컷 사진, 스티커사진, 휴대폰 셀카 인화 등의 방법이 있으며 이병, 일병, 상병, 병장 등 시기별로 같은 곳에 가서 찍거나 다양한 방법들을 시도해보는 것도 탁월한 선택이다.

"꾸나야 우리는 어떻게 찍어볼까?"

꾸나의 단속
힝
힝
앙대앙대!
(안된다는 듯)

"안돼-에!! 그런 옷은!!"

남자친구가 꾸나가 된 뒤 단속 아닌 단속이 늘었다. 평소 서로 약속이 있을 때면 누구랑 무엇을 하는지 연락도 꼬박꼬박 잘했다. 하지만 지금은 군인인지라 약속이 생겨도 바로바로 말하지 못할 때가 많다. 특히 내가 대학교에 입학하면서 동기들과 노는 일이 잦아졌는데, 이 때문에 꾸나가 평소보다 걱정도 많이 하고 조금 불안해한다. 그런 꾸나를 안심시키고자 나름대로 노력 중이다. 또 연애 초반에는 옷에 대한 제한에 이해되지 않았지만, 반대로 생각해보니 이해가 되었다. 이외에도 이성의 동기들과 과제를 같이 하거나 OT, MT를 갈 땐 꾸나의 걱정이 더 늘어난다. 이땐 미리 말을 하거나 어떠한 상황이던 꾸나의 전화를 꼭 받으려고 한다. 부득이하게 연락하지 못할 경우에는 "지금 ~하고 있어~", "이제 집에 들어왔어~", "이제 자려고 누웠어~" 등의 메시지를 보내 놓거나 인증 사진을 남겨두는 편이다.

꾸나가 걱정하는 것은 당연하다. 꾸나도 나를 위해 노력하는 만큼 꾸나를 이해하고 노력하는 모습을 보여주는 게 서로에 대한 예의고 믿음인 것 같다.

"꾸나, 나 믿지? 불안하지 않아도 돼."

허허 이번에도
또 빠르게
해달라..
시간요정님~
꾸나의 시계는
느리게 간다

"하…. 병장의 시계는 체감 2배 더 느리게 가는 것 같아…." (꾸나 ver)

저는 도대체 언제 제대할 수 있을까요? 제대하는 날이 오긴 할까요? 동기들도 병장의 시계가 더 느린 것 같다며 남은 휴가를 모아서 말년 휴가로 14박 15일을 다녀온다고 하더라고요. 저는 우리 곰신을 보기 위해 야금야금 썼더니 남아있는 휴가가 없네요. 휴가를 다 써버린 건 후회가 없지만, 상병 때가 더 재밌고 시간도 빨리 갔던 것 같은데 지금은 1분이 1시간처럼 느껴집니다. 3개월만 후딱 지나가면 되는데 말이죠. 말년이라서 훈련도 거의 안 하고 눈치 볼 사람도 없어서 그런지 제시간이 점점 많아졌어요. 그럴 때마다 곰신 생각을 하곤 하는데 곰신 사진을 매일 몇 번이고 보고 또 봐도 그립고 얼굴이 더 아른거려요. 빨리 제대해서 민간인 신분으로 곰신을 보고 싶은 마음뿐입니다.

"시간의 요정님 시간이 좀 더 빠르게 갈 수 있도록 도와주세요!"

9화 버킷리스트

계절별 음식,
맛집 찾아가기!

커플아이템맞추기

결~혼? (?)

10화 서프라이즈 외박

서프라이즈
외박

자기야
있지~
응? 왜ㅎㅎ
...

자기야
있지~
응? 왜ㅎㅎ
내려올래?
자기보러왔어!
뭐!!!!!

자기야~~
뭐야!!???

뭐야~? 어떻게
나왔어!!!?
다그런게
있지~

일단 따라와!
어..어디?

11화 곰신의 생일

곰신의생일
이게 다뭐야~

빨리들어가봐~~
뭔데~

헉!이게다뭐야!!?

HAPPY
BIRTHDAY

힝,,꾸나야,,ㅠㅠ
나이런거
처음이야ㅠㅠㅠ
ㅠ
ㅠ

고마워꾸나
내생일이라고
이렇게 나와줘서
그럼~
그럼~
누구생일 인데~

12화 답정너

좋겠다~
이렇게 예쁜여자친구 둬서^^ ♡
흥,,,

와_이꽃 정말 예쁘다
나처럼?^^

우와 여보 이,,
나처럼~?

나~처~럼~?^^

이 답정너,,
나예쁘다고?
아니라고 할수는 없다,,
그래!!
히히
세뇌시킬거야 :)

13화 곰신에게 절대 하지 말아야 할 말

엉? 왜 기다려ㅠ?
아깝다~
아까붜~

전화 못받은거가지구 또 뭘ㅋ~
또 오겠지~

야~너 남친 공군?꿀이네 ㅋㅋㅋ!

영상통화
보여
보여?
오!!!

"나 보여!? 진짜 보여~?"

군대에서 하는 영상통화에 대해 조금 자세히 이야기해보려고 합니다!

"요즘 군대 내에서 영상통화가 가능한가요?"

- 네 영상통화 앱을 쓰면 가능합니다. 영상통화가 허가된 지는 꽤 되었다고 합니다."

"그럼 어떻게 영상통화를 하나요?"

- '그린○' 앱을 핸드폰에 깔면 부대의 영상통화용 스마트 공중전화를 이용해 영상통화를 할 수 있습니다. 먼저 앱을 설치하고 꾸나에게 알려준 뒤 꾸나가 회원가입을 하면 친구추가 문자메시지를 받게 됩니다. 메시지를 따라 친구추가를 마치면 영상통화는 물론 무료로 문자메시지, 음성통화 등 모두 가능합니다!

"요즘엔 부대에도 개인 핸드폰을 들고 갈 수 있다고 하는데, 개인 핸드폰으로도 영상통화가 가능한가요?"

- 아니요! '국방 모바일 보안'이라는 군인이 필수로 깔아야 하는 앱이 있어 사진 촬영이 불가합니다. 또한, 핸드폰 카메라에 보안스티커를 붙여 사진 촬영을 아예 차단합니다.

15화 꾸나가 곰신한테 미안할 때

휴가, 외박짤렸을때..
휴가가
없어져
버렸어

기념일 같이 못챙길때
ㅠㅠ
D+365
D+100

미안해..
그냥.. 매일..

16화 소원

휴가 기다리는 동안
아무일도 안 생기게
해주세요
여자친구
만나게해주세요ㅠㅠ
전역일 금방
오게 해주세요..
제발휴가안밀리게
해주세요
얼른 나가게
해주세요ㅠ

다음달 휴가 더
길게 나오게 해주세요ㅠㅠ
옷택배 내일 도착
하게 해주세요^^
얼른 남자친구
만나게 해주세요..♡
휴가까지 아무일 없게
해주세요..

17화 곰신의 장점

"곰신이라서 좋은 점도 많아요~"

꾸나가 있어서, 곰신이라서 생기는 장점들이 많다. 첫 번째, 여행을 자주 간다는 것이다. 연애할 때는 둘 다 같은 동네에 살아서 동네 근처만 돌아다녔는데 곰신이 되어보니 곰신 부대가 있는 지역에도 가볼 수 있고, 휴가를 나올 때면 알차게 보내고 싶어 둘만의 여행도 자주 갔다. 지방에 사는 분 중에 서울 구경 실컷 하고 왔다는 분들도 많고, 서울에 사는 분들은 지방 여러 곳의 맛집들을 탐방하고 오기도 한다.

두 번째, 군인들의 달콤한 휴식 장소인 PX를 가볼 수 있다는 것이다. 꾸나에게 면회를 하러 갈 때 시중에는 팔지 않는 과자나 음식들을 먹을 수 있고, 질 좋은 화장품들을 정말 싼 가격에 살 수 있다. 특히 군인 전용 티셔츠나 깔깔이는 엄청 편하고 유용하게 쓰인다.

세 번째, 좀 더 애틋해지고 둘만의 추억이 많아진다는 것이다. 이병, 일병, 상병, 병장 진급 순서대로 사진도 남길 수 있고, 멀리 떨어져 있다 보니 서로를 애틋하게 챙겨줄 수 있다. 또 평소라면 잘 쓰지 않는 손편지를 주고받으며 서로의 속마음을 털어놓을 수 있고, 그 편지는 고이고이 간직할 수 있다.

18화 곰신의 단점

"지금 몹시 보고 싶은데, 넌 왜 내 옆에 없는 거니?"

물론 장점만 있는 건 아니다. 곰신이 된 뒤 장점도 많았지만, 곰신이라서 생긴 단점도 많다. 첫 번째, 보고 싶다는 것이다. 보고 싶은데 못 보는 게 가장 큰 단점이다. 곰신꾸나 커플이 아닌 다른 연인들은 보고 싶을 때 낮이나 밤이나 마음만 먹으면 볼 수 있지만, 군대에 있는 꾸나는 볼 수 있는 경우가 정해져 있다.

두 번째, 지인들로부터 스트레스를 받는 것이다. 일반 연인이었으면 듣지 않아도 될 말을 많이 듣게 된다. 일말상초와 같은 금방 헤어진다는 말, 기다리면 곧 차인다는 말 등 주변에서 들려오는 오지랖 넓은 말 때문에 큰 스트레스를 받는다.

덧붙여 기념일 날, 아플 때 같이 못 있는 등 많지만 그래도 단점보다는 장점만 생각하려고 한다. 이것도 하나의 추억이고, 경험이라는 긍정적인 생각을 하면 기다림에 도움이 되지 않을까?

"음 그렇고말고!"

19화 마지막 휴가

마지막휴가!
히히히
호호호

마지막
휴가데이트
영화 너무슬퍼..

휴.. 우리자기가 울면 안되는데...응?
?!
마지막휴가 복귀때..

잘가 ^^
마지막복귀도행복해^^

20화 고지가 보인다

"진짜 전역이야?"

전역이 코앞으로 다가왔다. 믿기지 않지만 다음 주 꾸나가 전역한다는 사실에 설레는 마음을 주체할 수 없다. 일단 꾸나가 나오기 전 준비할 것들을 생각해보았다. 제대 선물을 물론 그동안 열심히 써온 다이어리 등을 준비하고, 그날은 특별한 날인 만큼 예뻐 보이고 싶으니까 입을 옷도 골라놔야 한다. 쓰던 앱들도 안녕! 곰신일 동안 작성한 다이어리가 몇 장밖에 남지 않은 것과 전역계산기 앱의 전역 게이지가 거의 꽉꽉 채워진 걸 보니 이제야 실감이 났다. 꾸나가 이제 꾸나가 아니라니. 이젠 꾸나라는 호칭이 익숙해졌는데 꾸나라고 부를 수 없는 민간인이 된다니! 꾸나는 이제 복귀를 하지 않아도 되는 휴가를 나가는 기분이라고 했다.

"그동안 정말 고생 많았어. 앞으로 꾸나 하고 싶은 거 다 해!"

6장

민간인

1화 제대 선물 준비하기

"꾸나가 무엇이 필요할까?"

꾸나의 전역을 축하하기 위해 제대 선물을 준비하려고 하는데 어떤 걸 준비할지 몰라 또 곰신 카페의 도움을 빌렸다. 꾸나는 전역 후 복학을 할 예정이라고 했다. 그래서 준비한 첫 번째 선물은 아직 정리되지 않은 머리를 가릴 모자와 전공 책을 넣고 다닐 큰 백팩이다. 또 간단히 카드들을 넣어 다닐 수 있는 지갑도 좋은 선물이 될 것 같다.

또 꾸나는 햇빛과 추위 속에서 많은 훈련을 받아 피부와 몸이 많이 상했을 것이다. 그런 꾸나를 위해 준비한 두 번째 선물은 순한 성분의 스킨로션이다. 만약 꾸나가 사용하던 게 있다면 향수를 주어도 좋고 전동면도기, 바디로션도 괜찮은 선물이다.

그리고 마지막 선물은 함께 쓰는 다이어리와 함께 지금까지 찍은 스냅 사진들을 앨범으로 모아둔 것이다. 전역을 축하하는 진심이 담긴 편지까지 넣었다.

이 외에도 패션에 관심이 많은 꾸나라면 옷도 좋고, 적당한 가격의 태블릿PC도 무척 좋아할 것이다.

"그래도 내가 제일 큰 선물이지!?"

2화 기다림의 끝, 전역, 꽃신

많이 힘들었지?

그동안 행복한날도 많았고,

다투고 슬픈날도 많았어

길었던, 힘들었던
시간을 지나

이제 내가 보답하고
더 사랑할게
헥
헥

나 기다려줘서 고마워
사 랑 해!

3화 꽃신 선물

"그동안 고마웠어 곰신." (꾸나 ver)

나를 위해 고생한 우리 곰신을 위해 선물을 준비했다. 첫 번째 선물은 꽃신이다. 곰신에게 고무신이 아닌 꽃신을 신겨주고 싶었다. 꽃신으로 운동화, 구두 중 고민하다가 편한 신발을 좋아한다는 말이 떠올라 운동화로 구매했다. 꽃신을 선물하는 방법도 다양하다고 한다. 꽃이 가득 담긴 상자에 넣어주거나, 손재주가 좋은 꾸나는 운동화에 직접 그림을 그려 세상에 하나뿐인 선물을 준다고도 한다.

두 번째 선물은 전역복이다. 전역복을 주는 꾸나도 있고 그렇지 않은 꾸나도 있는데 나는 곰신에게 내 전역복을 주고 싶었다. 부대 근처에 있는 군인용품점에서 여자친구의 이름을 새긴 명찰을 전역복에 달고, 내 취향대로 꽃, 꽃신 등 이미지를 새겨 넣었다.

이 외에도 군대생활을 하며 큰 힘이 되어준 곰신에게 보내는 감사편지, 커플링, 목걸이, 가방, 꽃다발 등 꽃신을 위한 선물이 많으니 곰신의 취향에 맞게 준비해보면 좋을 것 같다.

4화 전역계산기 앱 삭제하기

5화 곰신 카페 탈퇴하기

"오랫동안~ 사귀었던~ 정든~ 내 곰신카페야~"

입영통지서를 받고 어찌할 바를 몰랐던 나에게 한 줄기의 빛이 되어 준 '곰신카페'. 주변에 곰신인 친구도, 군인 친구도 없어 고민하던 나에게 큰 도움이 되었고, 군대에 대해 아무것도 몰랐던 나를 곰신 박사로 만들어주었다.

이제 꾸나가 민간인이 되었으니 정든 곰신카페를 탈퇴해야 하는 걸까? 곰신카페 55만 명 중엔 꽃신들도 많고, 내가 곰신일 때 많은 꽃신이 댓글을 달아주며 유용한 정보를 주었다. 나도 이제 꽃신으로서 모르는 게 많은 곰신들에게 정보를 주고 싶어 곰신카페 탈퇴를 하지 않기로 했다. 예전의 나처럼 도움이 필요한 곰신들이 많을 게 분명하다. 이제 막 곰신이 된 친구들이 질문 글을 올릴 때 가끔 카페에 들어가 확인을 하며 댓글로 정보를 공유할 것이다. 다른 꽃신들도 여유가 된다면 카페에서 꽃신 후기 글도 구경하고 정보를 알려주면 좋을 것 같다.

6화 전역여행

전역여행

In 숙소
햐- 오늘 너무 재밌었어
마자!!!!

!?
휴 내일이면 또 복귀...!
자기 낼은 뭐하까!

맞아!!!
전역여행이지!!!?

복귀를 안해도 돼!!!!

매일 이렇게 볼 수 있고
옆에 있다는 것만으로도
감사해!

민간인되기프로젝트
(1)미용실가기

"어떤 머리가 우리 꾸나에게 잘 어울릴까?"

꾸나가 입대했을 때는 머리가 잡히지 않을 만큼 짧았지만, 제대한 꾸나의 머리는 꽤 길러진 상태였다. 그래서 꾸나의 스타일 변신을 위해 함께 미용실을 갔다. 보통 제대 후 꾸나들은 머리를 더 길러서 모발을 풍성하게 보일 수 있는 볼륨펌, 댄디펌 등을 주로 한다고 한다. 하지만 우리 꾸나는 머리가 많이 자라지 않은 탓에 붕 뜬 머리를 차분하게 할 수 있는 다운펌을 하기로 했다.

꾸나의 펌이 완성되기 전에 머리에 파마 랩을 씌운 모습도 사진으로 남겨두고, 옆에서 꾸나가 심심하지 않게 말도 많이 걸어주면서 2시간 정도 기다렸더니 멋있는 꾸나가 내 눈앞에 있었다.

"이제 제법 민간인 같은데~"

8화 민간인 되기 프로젝트 ② 유행하는 옷 구매하기

9화 민간인 되기 프로젝트 ③ 말투 고치기

10화 버킷리스트 실행하기 ① 맛집 투어

나와 꾸나는 데이트 비용 중 절반 이상을 먹는 데 쓴다. 어느 지역에 어떤 맛집이 있는지 찾아보는 게 취미일 정도로, 데이트 전에는 항상 맛집부터 검색해본다. 그중 직접 다녀온 뒤 정말 맛있었던 서울과 경기도에 위치한 맛집들을 소개하고자 한다. 너무 유명한 음식점이라 이미 다녀온 꾸나들도 많을 것 같다.

서울 지역의 첫 번째 맛집은 서울 종로구 익선동에 있는 '온○집'이다. 일식 정식으로 유명한 집이며, 온천에서 샤브샤브를 먹는 느낌이 나서 분위기가 좋은 맛집이라 할 수 있다. 서울 지역의 두 번째 맛집은 홍대에 있는 '부○스곱창'이다. 홍대가 본점이며, 전국에 체인점이 많이 있을 정도로 정말 유명한 곱창집이다. 곱창에 호불호가 갈리지 않는 커플이라면, 꼭 가보면 좋을 맛집이다. 곱창을 통해 새로운 세계를 열어준 곳이라고 해도 과언이 아니다.

경기도 지역의 첫 번째 맛집은 일산에 있는 '등○칼국수'이다. 이 음식점 역시 전국 각지에 체인점이 있지만, 일산에 있는 식당이 본점이라 사람도 많고 더 유명하다. 다음은 경기도 광주 맛집 '꽃○우'이다. 간장게장과 양념게장이 무한으로 리필되며, 반찬 가지 수가 많아서 한 상 푸짐하게 먹을 수 있다. 게장을 좋아한다면 밥 3그릇은 뚝딱 해치울 수 있는 맛집이다.

"자 이거 먹고 또 뭘 먹을까?"

버킷리스트 실행하기
(2)뒹굴뒹굴 집 데이트

"역시 집이 제일 편해~"

집순이인 나와 꾸나는 집에서 하는 데이트를 좋아한다. 집에서 뒹굴뒹굴 함께 읽고 싶었던 책을 읽을 수도 있고, 소파에 앉아 영화관에서 상영하지 않는 영화들도 찾아서 볼 수 있다. 같이 먹고 싶은 음식도 해서 먹을 수 있고, 잠깐의 낮잠도 잘 수 있다. 이뿐만 아니라 언제든지 배달 앱을 이용해 맛있는 치킨도 시켜먹을 수 있다. 야외에서 하는 데이트도 좋지만, 가끔 집에서 시간을 보내는 것도 특별한 데이트가 될 수 있을 것이다.

"겨울은 추워서 집 데이트~ 여름은 더워서 집 데이트~ 역시 집이 최고야!"

12화 버킷리스트 실행하기 ③ 해외여행

“해외 가서 특별한 추억 많이 만들고 오자.”

나의 버킷리스트 중 하나였던 꾸나와의 해외여행. 전역하고 유럽에 꼭 가보자고 약속한 뒤 그동안 아르바이트를 하며 함께 돈을 모아왔다. 유럽을 여행지로 정한 이유는 아시아권 나라는 이전에 많이 가보기도 했고, 기차를 이용해 여러 국가를 저렴한 가격에 다녀올 수 있어서다.

영국, 프랑스, 독일, 이탈리아 순으로 동선을 짜고 먼저 영국에 도착했다. 이들 나라의 관광지나 맛집을 추천하자면 영국에 도착해서는 ‘해리포터 스튜디오’에 가야 한다. 해리포터를 좋아하는 연인이면 꼭 가볼 필요가 있다. 구경을 마쳤다면 ‘버거 앤 랍스타’에 가보기를 권한다. 바닷가재를 이용해 햄버거를 만들어 파는 곳이다. 조금 비싸지만 정말 후회 없이 먹고 나올 수 있다.

이탈리아에 도착했다면, 밀라노에 가서 쇼핑해야 한다. 밀라노 두오모 성당에 가면 ‘비토리오 에마누엘레 2세 갤러리’가 옆에 보이는데, 여기는 고가의 명품을 다른 곳보다 훨씬 저렴한 가격에 살 수 있다. 그리고 베네치아 혹은 나폴리에 가서 강과 바다를 보며 느긋하게 여유를 즐기는 것도 완전히 추천한다.

13화 악몽을 꿨다_재입대

난 전여을 분명,,
야!!
거기 이병!!!!

헉!!

꿈이구나,,ㅠㅠㅠ
깜짝 놀랐네,,
이병이라니,,

74화 매일 만날 수 있어 감사해

"복귀 안 하는 꾸나라니…."

옆에 있는 꾸나를 보고 있으면, 이제 부대에 복귀하지 않아도 된다는 생각에 가끔 안도의 한숨을 쉬곤 한다. 항상 내 옆에 있어 주는 꾸나, 이제 복귀 안 하는 꾸나, 언제든 만나고 싶을 때 만날 수 있는 꾸나, 이 순간이 얼마나 소중하고 감사한지 모른다. 꾸나가 군대에 가기 전까지 알지 못했던 소중함과 고마움이 크게 와 닿는 요즘이다. 이 마음을 잃지 않고 앞으로도 나의 남자친구를 더 소중히 아껴주고, 더욱 더 사랑해 줄 것이다.

"꾸나야 항상 내 옆에 있어 줘서 고마워!"

15화 데이트 장소 추천

"너와 함께하는 모든 순간이 데이트야~"

사랑하는 사람과 함께라면 어디에서 어떠한 데이트를 하던 행복하다. 그렇지만, 우리를 더 행복하게 만들어줄 실외 · 실내데이트를 추천하고자 한다.

먼저, 비나 눈이 오거나 바람이 세게 부는 날에는 실내데이트가 제격이다. 사우나, 온천, 각종 게임장 등이 있는 리조트에서 데이트하는 방법도 있고, 식물원, 아쿠아리움, 전시관 등에서 문화생활을 즐길 수도 있다. 수영장이 딸린 호텔에서 여유로운 호캉스를 즐기는 것도 하나의 방법이다.

밖에서 즐기는 데이트 방법은 참 많다. 그중 등산을 하거나 스케이트, 스키 등 스포츠를 즐기는 데이트를 추천한다. 땀을 흘리게 되면 스트레스도 풀릴 뿐만 아니라 건강도 챙길 수 있는 일석이조의 데이트가 될 수 있기 때문이다. 또한, 동물원이나 놀이공원 등 볼 게 많은 데이트도 좋다. 조금 특별한 데이트를 추천하자면, '서울 시티투어'라는 것이 있는데 남자친구와 버스에서 여유롭게 이야기도 하고 우리가 알고 있던 서울과는 전혀 다른 모습의 서울을 감상할 수 있다.

16화 복학

"새내기들은 분명 나보다 어리고 예쁘겠지?"

꾸나가 복학을 했다. 나보다 어리고 예쁜 새내기들과 함께 학교생활을 한다니 질투가 나는 건 어쩔 수 없다. "선배님, 밥 사주세요~", "선배, 과제 좀 도와주세요~"라고 말하며 우리 꾸나에게 관심을 보이면 어떻게 해야 할지 생각해보며 혼자 상상의 나래를 펼치기도 여러 번이다. 이런 내 마음을 안 꾸나는 그럴 일이 없을 거라고 말하며 나를 달래주었다. 역시 우리 꾸나, 꾸나가 너무 멋있는 걸 어떡해!

'어린 마음에 질투해서 미안해 꾸나야.'

17화 CC 즐기기

18화 추억 되짚어보기

"와~ 우리 이럴 때도 있었지."

꾸나와 함께 꾸나가 입대할 때부터 제대할 때까지 썼던 다이어리를 오랜만에 펴 보았다. 다이어리 안에는 많은 사진과 함께 속마음을 담은 글들이 빼곡히 적혀 있었다. 다시 보니 생각보다 손발이 오그라드는 말들이 많아 부끄럽다. 특히 꾸나가 부대에서 다쳤을 때 속상한 마음에 다이어리에 투덜거리는 글을 많이 적었는데, 막상 꾸나와 같이 보니 민망할 뿐이다. 그래도 다이어리 덕분에 그 날의 기억들이 새록새록 떠올라 꾸나와 많은 대화를 나눌 수 있었다. 훈련소에 들어가는 것부터 이병, 일병, 상병, 병장, 제대까지의 추억 중 어느 것 하나 소중하지 않은 게 없었다.

내 후년, 그리고 몇십 년 후에 이 다이어리를 펼쳐 볼 때면 오늘과는 다른 새로운 감정이 들겠지? 기록하지 않으면 잊어버릴 수 있는 찰나의 순간들을 모두 정리해두는 것을 적극적으로 추천한다.

19화 나는 왜 너를 사랑하는가_여자친구 편

남자친구를 사랑하는 마음을 표현해보세요.

20화 나는 왜 너를 사랑하는가_남자친구 편

여자친구를 사랑하는 마음을 표현해보세요.

에필로그

"기다려줘서 고마워."

이제 서야 고백하자면, 솔직히 입영통지서를 받았을 땐 네가 나와 헤어지자고 할까 봐 걱정이 앞섰어. 근데 먼저 당연히 기다려준다고 말해줘서 얼마나 고마웠는지 몰라. 그리고 훈련소에서 힘든 5주를 버티고 수료식에서 너를 보았을 때 정말 세상 누구보다 예쁜 천사 같았어. 내가 군대에 있어서 연락도 많이 할 수 없어서 너무 속상하고 슬펐는데 너는 더 속상하고 슬펐겠지? 이젠 내가 사랑으로 보답할게. 나는 그 누구보다 네가 내 옆에 있어 줘서 감사해. 우리 아직 함께할 날이 많아. 하고 싶은 거 다 하면서 알콩달콩 지내자.

'나의 꽃신, 기다려줘서 고맙고, 사랑해!'

"기다려줘서 고마워"

"너라서 기다렸어."

나도 솔직히 말하자면, 네가 군대에 가게 되었다고 말했을 땐 당황했었지. 2년 동안 보고 싶을 때 못 본다는 생각에 많이 걱정됐던 것 같아. 하지만 이 또한 우리에게 좋은 추억이 될 수 있을 것 같다는 생각이 들었어.

나도 네가 군대에 있을 때 연락도 못 하고, 얼굴도 자주 보지 못하는 게 제일 속상했어. 하지만 그만큼 네가 나에게 얼마나 소중한 존재임을 깨달을 수 있었지. 우리는 곰신, 꾸나로서 특별한 추억을 남겼고, 어느 시간보다 값진 경험이었어. 어떤 일이 있어도 이번처럼 잘 헤쳐가는 거야.

'나의 꾸나, 너라서 기다렸어 나도 고맙고, 사랑해!'

" 너라서 기다렸어 "

커플 소원권

가위로 예쁘게 잘라서 사용해 주세요!

곰신과 꾸나의 편지지

가위로 예쁘게 잘라서 사용해 주세요!

보내는 분

받는 분

보내는 분

받는 분

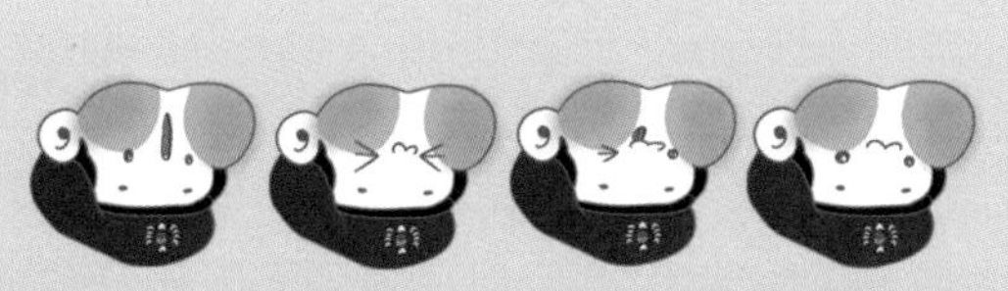

보내는 분

받는 분

보내는 분

받는 분